QUEM, AFINAL, ROUBOU O COLAR DA MARQUESA DE CARABÁS?

Helena Gomes

ilustradora Alexa Castelblanco

Copyright do texto © 2022 by Helena Gomes
Copyright das ilustrações © 2022 by Alexa Castelblanco

Grafia conforme o Acordo Ortográfico da Língua Portuguesa

PROJETO GRÁFICO Rosana Martinelli

PREPARAÇÃO DE TEXTO Renato Potenza Rodrigues

Dados Internacionais de Catalogação na Publicação (CIP)
(Câmara Brasileira do Livro, SP, Brasil)

Gomes, Helena
  Quem, afinal, roubou o colar da marquesa de Carabás? / Helena Gomes. — 1ª ed. — São Paulo: Quatro Cantos, 2022.

  ISBN 978-65-88672-22-8

  1. Ficção brasileira. I. Castelblanco, Alexa II. Título.

22-127278   CDD-B869.3

Índice para catálogo sistemático:
1. Ficção : Literatura brasileira B869.1

Aline Graziele Benitez — Bibliotecária — CRB-1/3129

1ª reimpressão

Todos os direitos desta edição reservados em nome de:
RODRIGUES & RODRIGUES EDITORA LTDA. – EPP
Rua Irmã Pia, 422 — Cj. 102
05335-050
São Paulo — SP
Tel (11) 2679-3157
WhatsApp (11) 3763-5174
www.editoraquatrocantos.com.br
contato@editoraquatrocantos.com.br

Para o meu neto Tales

SUMÁRIO

O crime 6
O gato aposentado 8

Primeira pasta 11
Segunda pasta 25
Terceira pasta 41
Quarta pasta 55
Quinta pasta 71

A análise 89
O passado 90
A reconstituição 95
Sobre os antecedentes 101
Sobre a autora 103
Sobre a ilustradora 105

O CRIME

Com a ajuda de suas criadas, a marquesa de Carabás terminou de se arrumar no closet para o baile que ela e o marquês promoviam em seu palácio.

Os muitos convidados não paravam de chegar. Era o evento mais aguardado do ano por reunir os personagens mais famosos dos contos de fadas.

Como anfitriã e centro de todas as atenções, a marquesa seria a última a aparecer no salão, ao lado do marido. Usava um vestido deslumbrante, calçava sapatos enfeitados com diamantes e seus cabelos estavam presos em um penteado sofisticado, que prometia lançar moda entre as mulheres.

Faltava apenas colocar as joias, uma mais cara do que a outra. Como eram guardadas secretamente em seu quarto, a marquesa disse às criadas para que a deixassem sozinha.

Assim que a ordem foi cumprida, ela pegou a chave, que escondia numa caixinha de música, e destrancou o cofre.

Depois, do local cheio de preciosidades, retirou o estojo onde guardava o seu colar mais valioso, uma delicada combinação de ouro, rubis e diamantes.

Além de seu alto valor, a joia tinha ainda mais importância para a marquesa, pois fora o primeiro presente que ganhara do marquês.

Nem chegou a abrir o estojo.

— Não se mexa! — ordenou uma voz abafada às suas costas. — E passe isso aí para mim!

Tremendo de medo, ela obedeceu. Não viu o ladrão, que fugiu velozmente pela janela aberta, e ainda levou longos minutos para pedir ajuda.

— Socorro! — finalmente gritou a plenos pulmões. — Roubaram o meu colar!

Um crime que provocaria um enorme rebuliço naquela noite.

O GATO APOSENTADO

Bastante conhecido por suas peripécias, o Gato de Botas vivia uma tranquila aposentadoria. Tinha humanos a seu dispor, todos voluntários e participantes ativos de seu fã-clube, que lhe preparavam as mais deliciosas refeições, faziam em seu dorso as massagens mais relaxantes, escovavam seus pelos macios, tratados com os melhores produtos de beleza, limpavam a caixinha de areia, afofavam para ele suas almofadas preferidas e ainda afiavam suas garras para mantê-las prontas ao primeiro sinal de perigo.

As botas, aquelas mesmas usadas pelo felino nos áureos tempos de suas aventuras, ficavam expostas numa estante. Eram velhas, as solas tinham sido gastas em tantas andanças, mas isso só aumentava a sua importância histórica.

A notícia do roubo do colar não demorou a chegar aos ouvidos do Gato de Botas. Pelo que soube, imediatamente a melhor investigadora do reino, Branca de Neve, tinha entrado em ação.

Também presente ao baile com o marido e os filhos, ela colheu depoimentos, encontrou testemunhas, levantou dados precisos, prendeu suspeitos e logo tinha em mãos todas as informações possíveis sobre o caso.

O problema é que todos os suspeitos eram vilões, estiveram na cena do crime e, pior, confessaram ter roubado o colar da marquesa! Para complicar, a joia sumira igual fumaça. Não fora encontrada com nenhum deles.

Amiga de longa data do Gato de Botas, Branca de Neve resolveu visitá-lo numa tarde ensolarada. Tomavam chá, o dele com leite, quando ela foi direto ao ponto:

— Gato, me ajude a desvendar esse mistério.

Ele brincou com os bigodes, um tanto distraído. Pensava no quanto a amiga amadurecera após a experiência traumática com uma vilã terrível, aquela do espelho mágico. Decidida a fazer cumprir a lei, Branca de Neve ingressara na Força Policial do reino, especializando-se em lidar com os mais perigosos vilões.

— Você, que é toda certinha, quer mesmo a ajuda de um malandro como eu? — questionou o Gato de Botas.

Branca de Neve respirou fundo, como se precisasse de energia extra para lidar com a questão.

— Às vezes, é preciso um malandro para encontrar outro malandro — ela respondeu.

O felino teve que concordar.

Mas quase foi vencido pela preguiça ao olhar para as pastas que a investigadora trouxera.

— É aí que estão todas as informações sobre o caso? — perguntou, embora já soubesse a resposta.

Ela abriu um sorriso largo, daqueles que mostram muitos dentes.

— Sim, estão aqui — disse, dando um tapinha na montanha de papéis ao seu lado, no sofá. — Leia tudo e me diga: quem, afinal, roubou o colar da marquesa de Carabás?

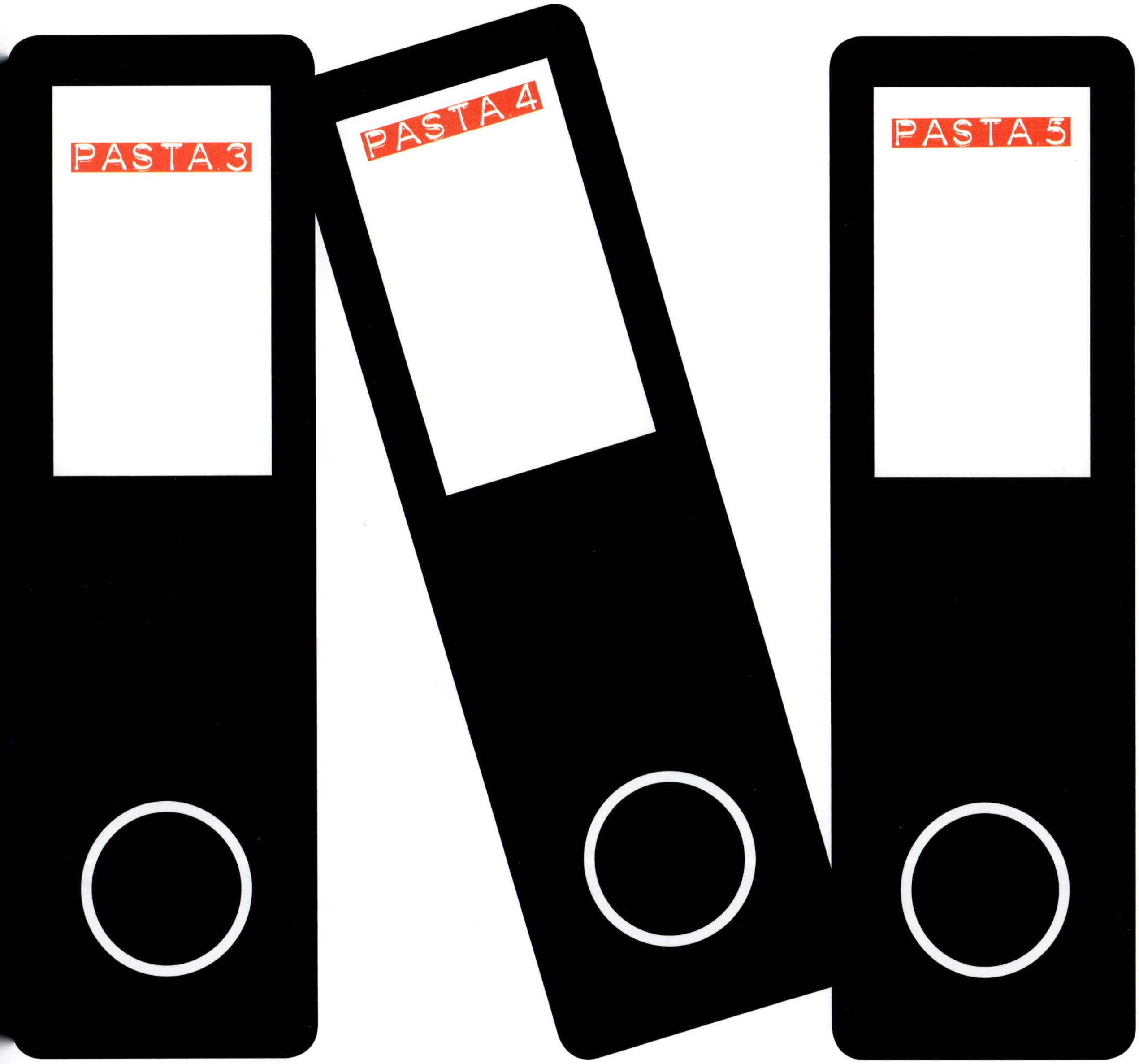

Central de Inteligência Real
REGISTRO CRIMINAL

NÚMERO DO ARQUIVO   nr.1029856

DEPARTAMENTO   F-55217-3(1)

ID   Z5230

SUSPEITOS   REI CRUEL E RAINHA CRUÉLIA

IDADE   56 ANOS (ELE) e 40 ANOS (ELA)

GÊNERO   MASCULINO E FEMININO

IMPRESSÕES DIGITAIS

ELE

ELA

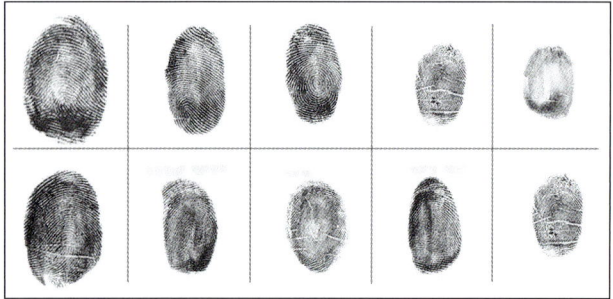

CARACTERÍSTICA MARCANTE: ambição sem limites.

MODUS OPERANDI: a dupla gosta de explorar os próprios súditos, impor aos heróis e às heroínas os desafios mais difíceis e ainda trancafiar as princesas da vizinhança na torre mais alta de seu castelo. Para quebrar a rotina, às vezes manda o seu exército atacar de surpresa algum reino por aí.

INFORMAÇÕES DE PRISÃO E SENTENÇA

CAPTURADOS

ANTECEDENTES

Tudo começou, na verdade, vinte anos antes. Naquela época, o rei era apenas um príncipe e não passava de um adolescente acostumado a pisar nos outros para obter qualquer coisa que desejasse. A mãe, que ficara viúva muito cedo, não soubera lhe impor limites. Para ela, o filho sempre tinha razão. Preferia ignorar as maldades que ele cometia, defendendo-o com unhas e dentes contra quem ousasse lhe fazer alguma acusação.

Um dia, o príncipe apaixonou-se por uma baronesa muito rica. Como ele estava entusiasmado para casar, seu criado, que tinha o dom de prever o futuro, achou melhor lhe contar a verdade.

— Sua noiva, meu senhor, ainda está para nascer.

— Você se engana — retrucou o príncipe. — Estou apaixonado de verdade!

— O que tem que ser tem muita força, meu senhor.

Não demorou e o príncipe se esqueceu da amada ao se apaixonar por uma condessa, ainda mais rica.

— Sua noiva, meu senhor, ainda está para nascer — avisou o criado.

— Você se engana. Estou apaixonado de verdade!

— O que tem que ser tem muita força, meu senhor.

Não demorou e o príncipe se esqueceu da amada ao se apaixonar por uma marquesa, muito mais rica ainda.

— Sua noiva, meu senhor, ainda está para nascer — disse o criado.

— Você se engana. Estou apaixonado de verdade!

— O que tem que ser tem muita força, meu senhor.

Numa tarde, durante uma de suas caçadas pela floresta, ele e o criado pararam para descansar sob a copa de uma árvore. Estava muito abafado e o sol brilhava sem tréguas. Por perto, havia uma choupana, onde moravam um lenhador e sua esposa.

Ao descobrir a presença do príncipe, o lenhador veio até ele, trazendo-lhe água fresca e um punhado de frutas.

Depois de uma reverência apressada, voltou correndo para casa. A esposa estava em trabalho de parto.

O príncipe olhou para o criado e, zombeteiro, decidiu testar-lhe o dom da premonição.

— A criança do lenhador será menino ou menina? — perguntou.

O outro ergueu uma sobrancelha.

— Será uma menina, meu senhor.

— E o que você vê para o futuro dela?

— Quando crescer, ela vai se casar com o senhor e será a rainha deste reino.

No mesmo instante, o choro de um recém-nascido, vindo da choupana, soou como um aviso agourento para o príncipe. Ele sentiu um calafrio. A criança tinha acabado de nascer.

— Então vamos mudar o futuro — ele resolveu, perverso.

O criado meneou a cabeça.

— O que tem que ser tem muita força, meu senhor.

O príncipe não lhe deu ouvidos. Foi até a choupana e lá, ao confirmar que se tratava mesmo de uma menina, comprou-a do lenhador por trinta moedas de prata. Em prantos, a esposa não teve como evitar o negócio.

A criança acabou enrolada no manto do criado, que seguiu o príncipe até as redondezas do castelo. Lá, recebeu ordens para executá-la.

— E me traga a ponta da língua dela como prova — ordenou o príncipe.

A seguir, partiu a galope, certo de que sempre teria o controle de sua vida nas próprias mãos.

O criado engoliu em seco e olhou para a criança. Você será bonita, previu em pensamento. *A mais bela entre as belas.*

Quem era ele para mudar o futuro? A menina merecia uma chance.

Afinal, o que tivesse que ser teria muita força.

Ele a deixou à sombra de um arbusto, enrolada no manto, e foi para o castelo. Faltava ainda arrumar a ponta da língua de algum animal para comprovar o suposto assassinato.

* * *

O arbusto ficava numa trilha usada diariamente por uma criada para ir ao trabalho e depois voltar para casa. Atraída pelo choro do bebê, ela foi até ele e, penalizada com a situação de abandono, pegou-o no colo e estreitou-o nos braços, conseguindo acalmá-lo. A criança pareceu sorrir, tão encantadora... Quem tivera coragem de abandonar alguém tão pequenino e indefeso?

Foi a mesma pergunta que a rainha fez ao saber do caso pela própria criada, que levara o bebê ao castelo.

— Já tenho onze filhos, minha senhora — ela contou à rainha. — Não posso cuidar de mais ninguém.

Compadecida, a rainha quis ver a criança. Também a pegou no colo, aninhou-a junto a si. Sorriram juntas, uma cativando a outra.

— Deixe-a aqui — decidiu a rainha. — Ela crescerá como minha dama de companhia.

E foi dessa maneira que o príncipe reencontrou o bebê. Descontou sua fúria no criado, que foi morto por tentar enganá-lo.

O tempo foi avançando, o príncipe desmanchou o noivado com a tal marquesa rica e se apaixonou por várias pretendentes da nobreza, sempre descartando uma após se apaixonar por outra. Ainda não encontrara a noiva ideal. Isso preocupava bastante a rainha. Se o filho não se casasse, ela não teria netos para encher de mimos.

Já a menina crescia saudável e cada vez mais bonita. Para ela, o príncipe era o centro do universo. Vivia em seu encalço, tentando chamar-lhe a atenção.

O príncipe, porém, gostava de ignorá-la. Até que começou a perceber que a menina havia deixado de ser criança fazia muito tempo. Tornara-se a jovem mais bela entre as mais belas, atraindo admiradores e até pedidos de casamento, que ela sempre recusava.

Sentindo-se também interessado, o príncipe decidiu novamente cortar o mal pela raiz. Jamais poderia se casar com uma mulher sem riquezas.

Numa manhã bem cedo, chamou a jovem e pela primeira vez dirigiu-lhe a palavra. Ela sorriu, transbordando de felicidade. Ainda mais linda...

— Guarde para mim — disse o príncipe, entregando-lhe uma chave. — Ela abre a sala onde deixo os meus tesouros. Ser guardiã desta chave exige muita responsabilidade. Posso contar com você?

— Com certeza, meu senhor!

Orgulhosa por ser digna de tamanha confiança, a jovem fez-lhe uma reverência e foi para seu quarto. No local, escondeu a chave dentro de um baú abarrotado de vestidos, conferiu sua imagem no espelho, escovou os cabelos e, por fim, correu para contar a novidade à rainha. O príncipe, que vigiara todos os seus passos, entrou no quarto sem que ninguém visse, roubou a chave e desapareceu sorrateiramente.

Fora do castelo, arremessou a chave num rio próximo e saiu para mais uma de suas caçadas. Voltaria no dia seguinte, pronto para acusar a moça de irresponsável e dar-lhe uma punição exemplar: açoitá-la até a morte.

A jovem, no entanto, deu por falta da chave na hora de dormir. Como louca, revirou o baú e depois o quarto de cima a baixo, esquadrinhou cada ponto, fuçou tudo.

Embora desesperada, preferiu não avisar a rainha. "O que tem que ser tem muita força", pensou, repetindo uma frase que escutara em algum lugar.

O que teve que ser realmente teve muita força.

No dia seguinte, um pescador vendeu à cozinheira do castelo um punhado de peixes que acabara de apanhar no rio. E foi antes da ceia que a cozinheira, ao abrir um desses peixes para prepará-lo, descobriu em seu estômago a tão procurada chave. Ela não entendeu nada quando a jovem, na cozinha naquele momento, arrancou-a da sua mão e saiu correndo.

À noite, ao retornar da caçada, o príncipe foi recebido com uma ceia farta, como gostava. Entre as opções do cardápio, estava o peixe que lhe frustraria o plano de se livrar da moça: muito bem assado, coberto por ervas finas e servido com legumes suavemente salteados na manteiga.

Quando, cheio de si, o príncipe mandou a jovem lhe devolver a chave, ela sorriu e tirou-a do bolso do vestido.

— Eu a guardei com muito carinho — ela disse, cúmplice.

Ele estremeceu.

"Ela sabe o que eu aprontei", deduziu.

Ingênua como de hábito, a rainha elogiou a responsabilidade da jovem, acrescentando que o filho sempre podia contar com ela.

O que tem que ser tem muita força?, ele lembrou. *Não mesmo!*

Fechou os punhos e abandonou a mesa a passos rápidos. Precisava pensar em outra forma de se livrar daquela garota inconveniente.

* * *

A chance surgiu quando o rei vizinho lhe propôs a mão da sobrinha duquesa, sua única herdeira, em casamento. Seria uma união vantajosa, com um dote valioso e a possibilidade de juntar os dois reinos logo que o príncipe assumisse o trono.

Como acreditava que dinheiro e poder nunca eram demais, ele aceitou a proposta. Assim que estivesse casado, convenceria a mãe a coroá-lo e, enfim, teria poder absoluto para se livrar da garota inconveniente.

Dias antes do casamento, a duquesa chegou ao castelo. Ao vê-la, o príncipe não escondeu a decepção. Sua futura esposa parecia sem graça, deselegante, não tinha carisma, atitude, nem ao menos porte de rainha!

Na tarde seguinte, no primeiro passeio que fariam juntos pelo jardim do castelo para melhor se conhecerem, a duquesa apareceu coberta da cabeça aos pés por um véu espesso. Estava irreconhecível. Desanimado, o príncipe pensou na garota inconveniente, se ela sofria por vê-lo prestes a se casar com outra...

Quando puxou conversa, a duquesa revelou um pouco de sua personalidade ao sugerir estratégias traiçoeiras para enganar o povo e escravizá-los sem dó nem piedade.

Surpreso, o príncipe desconfiou de que talvez compartilhassem a mesma visão de mundo.

Seria ela a sua noiva ideal?

— Não gosto daquela moça que vive atrás de você — sussurrou-lhe a duquesa. — Tranque-a na masmorra para que aquela tola conheça o lugar dela.

Inspirado pela maldade, o príncipe seguiu a sugestão. Durante a madrugada, foi até o quarto da garota inconveniente e, tateando na escuridão do local, encontrou-a dormindo na cama sob as cobertas.

Após colocá-la num saco, rumou para trancá-la na masmorra mais distante do castelo. Aterrorizada, sua vítima não lutou nem deu sequer um pio.

Pela manhã, ele mandou entregar um anel de prata à duquesa como agradecimento, acreditando estar livre do futuro previsto pelo criado.

* * *

O que o príncipe não sabia é que a garota inconveniente ameaçara de morte a duquesa, trancara-a em seu quarto e depois se cobrira da cabeça aos pés com um véu espesso, irreconhecível, para se encontrar com ele no jardim.

Enganara-o direitinho.

Faltava fazê-lo admitir que a amava.

* * *

À tarde, o príncipe reencontrou quem julgava ser a duquesa, coberta pelo véu espesso, para um novo passeio pelo jardim.

Quando ele puxou conversa, a suposta duquesa revelou mais de sua personalidade ao sugerir estratégias traiçoeiras para enganar os nobres e roubar suas fortunas sem dó nem piedade.

Admirado, o príncipe achou que talvez compartilhassem a mesma visão de mundo.

E se fosse ela a sua noiva ideal?

— Não gosto daquela moça que vive atrás de você — sussurrou-lhe a duquesa. — Proíba que os guardas da masmorra lhe deem água para que aquela tola conheça o lugar dela.

Mais uma vez inspirado pela maldade, o príncipe acatou a sugestão.

Na manhã seguinte, mandou entregar uma pulseira de ouro à duquesa como agradecimento, apostando estar finalmente livre do futuro previsto pelo criado.

* * *

Na terceira tarde de passeio pelo jardim, novamente a suposta duquesa foi encontrá-lo coberta pelo véu espesso.

Quando puxou conversa, ela revelou muito de sua personalidade ao sugerir estratégias traiçoeiras para invadir os reinos vizinhos e subjugá-los sem dó nem piedade.

Encantado, o príncipe teve certeza de que compartilhavam a mesma visão de mundo. Enfim encontrava a sua noiva ideal!

— Não gosto daquela moça que vive atrás de você — sussurrou-lhe a duquesa. — Proíba que os guardas da masmorra a alimentem para que aquela tola conheça o lugar dela.

Encarcerada na masmorra mais distante, sem água e sem comida, a prisioneira não duraria muito tempo... Uma sugestão que soava perfeita para a crueldade do príncipe.

Ao contemplar a suposta duquesa, ele não resistiu mais. Confessou que a amava, que sofreria se a perdesse. E ali mesmo entregou-lhe um colar de esmeraldas, comemorando o que julgava ser a vitória definitiva sobre o futuro previsto pelo criado.

* * *

A cerimônia de casamento foi realizada com toda a pompa, ele só sorrisos e ela coberta dos pés à cabeça com o indispensável véu espesso. Houve um suntuoso banquete para os convidados e vinho servido fartamente ao povo.

No fim da noite, no momento em que os noivos ficaram a sós, ela retirou o véu, mostrando-lhe quem era de verdade. Sorria, deslumbrante.

Primeiro o príncipe viu que ela usava o anel de prata, a pulseira de ouro e o colar de esmeraldas. E, pior, soube que nunca tivera nenhuma chance para mudar o futuro.

Aquela que tanto desejara extirpar de sua vida estava diante dele, pronta para ser a sua companheira pelo restante dos seus dias.

Porém, no lugar da fúria por ter sido enganado, ele se sentiu completo e em paz consigo mesmo, algo que jamais experimentara em toda a sua existência.

— Você é minha alma gêmea — admitiu.

E assim os dois viveram felizes para sempre, dois vilões unidos para inúmeras maldades.

Quando a verdadeira duquesa escapou da masmorra com a ajuda da rainha, o casal assumiu o trono e teve gosto em persegui-las. Depois, entrou em guerra com o reino vizinho, invadiu outros, trancafiou donzelas na torre mais alta do castelo, foi vencido por todos os corajosos cavaleiros que vieram resgatá-las, apoderou-se de objetos mágicos e, naturalmente, fez questão de infernizar a vida de heróis e heroínas que ousaram aparecer em seu caminho. Marido e esposa ganharam até apelidos: o rei Cruel e a rainha Cruélia!

Sempre juntos, um completando o outro.
Porque o que tem que ser tem muita, mas muita força mesmo.

* * *

E desse modo a vida foi seguindo até a noite em que o Cruel e a Cruélia entraram escondidos no baile do casal Carabás para roubar o cobiçado colar de ouro, rubis e diamantes.

E foram vistos fugindo do quarto da marquesa.

CENTRAL DE INTELIGÊNCIA REAL
SECRETARIA REAL DE POLÍCIA CIVIL

Controle int.: 354201-0111/10   Procedimento: 210-47555/4

DEPOIMENTO DAS TESTEMUNHAS

"Minha mãe é a responsável pelo bufê deste baile. Por falar nisso, ela faz um preço ótimo e ainda dá desconto se você indicar um amigo! Os salgados que ela prepara são deliciosos, mas os doces... ah, são ainda melhores! Não há ninguém em todo o reino que não tenha provado e... Quê?! O que eu vi naquela noite? Então, eu estava preparando uma cesta de doces para a minha avó e... Sim, ela recebeu o convite da marquesa, mas preferiu ficar em casa, jogando cartas com as amigas. Separei alguns doces, coloquei numa cesta e, quando olhei na direção do quarto da marquesa, vi aqueles dois, o Cruel e a Cruélia, saindo de lá com pressa. Não reparei se eles levavam o colar... Mas sei de uma coisa: depois de quase ser morta pelo lobo mau, ninguém me engana mais. Sem dúvida, foram aqueles dois que roubaram o colar!"

CHAPEUZINHO VERMELHO

Chapeuzinho Vermelho, 14 anos

"Eu estava voltando do banheiro quando o Cruel passou por mim correndo, de mãos dadas com a Cruélia, e ainda me empurrou para me tirar do caminho! Isso não se faz com ninguém, ainda mais com um idoso como eu! Sim, os dois estavam fugindo. E vinham da direção do quarto da marquesa de Carabás."

Geppetto

Geppetto, 75 anos

Branca de Neve

INVESTIGADORA RESPONSÁVEL

DELEGACIA DE POLÍCIA DE CARABÁS
SECRETARIA REAL DE POLÍCIA CIVIL

Controle int.: 354201-0111/10   Procedimento: 210-47555/4

INTERROGATÓRIO

Branca: Vocês roubaram o colar da marquesa?

Cruel: Mas é claro que roubamos o colar!

Cruélia: Somos vilões, queridinha! Temos uma reputação a zelar.

Branca: E como vocês roubaram a joia?

Cruel: Ora, foi muito fácil. Enquanto as criadas vestiam a marquesa no closet, minha amada e eu entramos de fininho no quarto, abrimos o cofre, pegamos o colar e fugimos dali sem que ninguém nos visse!

Cruélia: Porque somos uma dupla e tanto, não é, benzinho?

Cruel: Sou capaz de tudo só para te ver feliz, meu docinho!

Cruélia: Você é o melhor marido do mundo!

Cruel: E você é a inspiração da minha existência...

Branca (após pigarrear): Será que podemos retomar o interrogatório?

Cruel: Ah, sim, fique à vontade para perguntar.

Cruélia: O que mais você quer saber?

Branca: Como vocês abriram o cofre?

Cruel: Acho que ele já estava aberto, não foi, benzinho?

Cruélia: Foi, sim! Parecia à nossa espera!

Branca: Havia outras joias guardadas no local?

Cruel: Acho que não...

Cruélia: É, só vimos o colar.

Branca: E onde vocês o esconderam?

Cruel e Cruélia: Isso é segredo!

Branca de Neve
INVESTIGADORA RESPONSÁVEL

DELEGACIA DE POLÍCIA DE CARABÁS
SECRETARIA REAL DE POLÍCIA CIVIL

Controle int.: 354201-0111/10   Procedimento: 210-47555/4

PROVA

Encontrada pela investigadora Branca de Neve
no quarto da marquesa de Carabás

LENÇO PERTENCENTE À RAINHA CRUÉLIA

SEGUNDA PASTA

PASTA 2

PASTA 3

PASTA 4

PASTA 5

Central de Inteligência Real
REGISTRO CRIMINAL

NÚMERO DO ARQUIVO   nr.1029857

DEPARTAMENTO   F-55217-3(1)

ID   Z5440

SUSPEITO   HOMEM-CACHORRO

IDADE   37 ANOS

GÊNERO   MACHO

IMPRESSÕES DIGITAIS

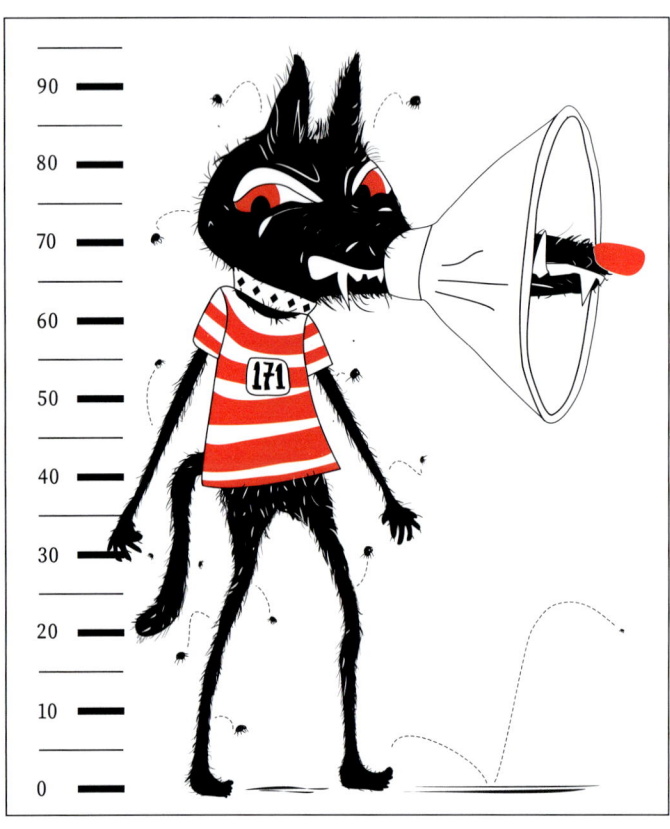

CARACTERÍSTICA MARCANTE: maldade pura.

MODUS OPERANDI: com o seu rosnado feroz, ele ameaça as vítimas para se apoderar de suas riquezas.

INFORMAÇÕES DE PRISÃO E SENTENÇA

CAOPTURADO

ANTECEDENTES

Era uma vez uma menina que perdeu o pai muito cedo. A mãe, dona de uma produtiva fazenda, todos os dias a enviava à escola. E todos os dias a filha retornava para casa elogiando o novo vizinho, que costumava encontrá-la durante o trajeto e paparicá-la com doces feitos de mel.

— Quem adoça com mel também pode amargar com fel — a mãe sempre dizia.

A menina, no entanto, não prestava atenção ao conselho. Tanto falou bem do homem, tanto insistiu que ele lhe seria um ótimo pai que a mãe acabou cedendo e se casando de novo.

Feliz foi a menina com o novo pai até o dia em que fel passou a amargar a vida de mãe e filha. O homem revelou-se um terrível vilão. Pelo casamento, apossou-se da fazenda da esposa. Queria, porém, muito mais.

Triste tornou-se a menina com o novo pai, que a proibiu de frequentar a escola e em casa trancou a esposa, dia e noite vigiada por seus criados. E a situação foi piorando, com ele tirando das duas o que podia só pela vontade de vê-las sofrer. Sobrou até para a vaquinha de estimação da menina.

Numa friorenta manhã, o padrasto cismou que estava com vontade de tomar caldo de carne, mandou os seus criados prepararem tudo e, antes mesmo do meio do dia, a vaquinha já tinha virado a primeira de muitas refeições.

Chorando muito, a menina escapou correndo até um rio próximo, de onde seguiu caminhando junto à margem até que as lágrimas se esgotassem. Quando percebeu, estava perto de uma simpática choupana à beira da floresta. Na porta, uma cadela latia para ela, como se quisesse lhe pedir algo.

A menina foi até o animal, acariciou suas orelhas, silenciando-o, e acabou entrando ao perceber que a porta estava entreaberta. Não havia ninguém no local.

— Aposto como você está com fome — disse para a cadela.

Na cozinha, o animal voltou a latir, indicando um pedaço de pão sobre a mesa que não alcançava. A menina sorriu, o primeiro sorriso em tanto tempo, e entregou-lhe o alimento, devorado em segundos.

Nesse instante, a porta foi totalmente aberta por uma mulher carregando um cesto cheio de legumes e verduras. Feliz da vida, a cadela foi recebê-la com a cauda abanando em ritmo frenético.

Temendo ser confundida com uma ladra, a menina refugiou-se atrás de outra porta, a do quarto.

— Tem alguém aí? — perguntou a mulher, desconfiada.

Foi quando reparou que o pedaço de pão tinha sumido. Ela suspirou, como se estivesse cansada, e do bolso do vestido tirou uma varinha de condão.

Era uma fada.

— Conte-me o que aconteceu — disse para a cadela, lançando-lhe um feitiço.

Como se gente fosse, o animal firmou-se sobre as patas traseiras e se pôs a recitar:

— Ão, ão, ão... Atrás daquela porta se esconde quem me deu pão!

Assombrada, a menina abandonou o esconderijo, já pedindo desculpas.

— Eu não... não roubei nada, juro! É que essa cachorrinha estava latindo e eu... Tinha o pão em cima da mesa e...

Novamente a fada suspirou.

— Não dê mais pão a essa gulosa — disse. — Faz mal à saúde dela.

— Perdoe-me...

— Ah, não se preocupe. Você não sabia.

Um novo feitiço da fada e o animal voltou a latir e a ficar sobre as quatro patas.

— Ajude-me a preparar o jantar — disse ela à menina, indicando a cesta. — Hoje faremos uma sopa.

* * *

Na casa da fada a menina jantou, esqueceu os seus problemas por algumas horas e ali também dormiu. Pela manhã, ao se despedirem, a nova amiga tinha um presente para lhe dar.

Um par de sapatos de cetim.

— Eles são mágicos — contou. — E vão lhe conceder três desejos para que você possa reencontrar a felicidade.

* * *

Zangado com o sumiço da menina, o padrasto não a perdoou quando ela veio para casa. E tudo ficou pior no instante em que ele descobriu o par de sapatos de cetim. Bateu em mãe e filha com um bastão até que a última teve que revelar de quem ganhara o presente.

— Eles são mágicos, certo? — resmungou o homem. — Também quero três desejos para encontrar a minha felicidade!

E felicidade para ele sempre significaria mais riquezas.

Bem que tentou calçar os sapatos, mas não cabiam em seus pés. E, se não cabiam, nenhuma magia eles faziam.

— Ai daquela fada se não me der um par de sapatos mágicos! — ameaçou.

Primeiro, trancou os sapatos num baú e pendurou a chave em seu cinturão. Depois, para a margem do rio foi o homem. Apressado, percorreu o trajeto até a simpática choupana à beira da floresta. Diante da porta entreaberta, uma cadela latia para ele, como se quisesse lhe pedir algo.

— Que animal irritante! — ele reclamou.

E, como trazia o bastão, com ele enxotou a cadela, que entrou correndo, a cauda entre as pernas, e se refugiou embaixo da mesa da cozinha.

Confiante de que poderia achar mais do que sapatos de cetim, o padrasto invadiu o local, revirou gavetas, abriu armários, fuçou em possíveis esconderijos. Nada encontrou que soasse mágico.

Nesse instante, a porta foi totalmente aberta por uma mulher carregando um cesto cheio de legumes e verduras. Com medo, a cadela não foi recebê-la nem teve vontade de lhe abanar a cauda.

Pensando em atacar a mulher pelas costas, o padrasto refugiou-se atrás de outra porta, a do quarto.

— Tem alguém aí? — perguntou a mulher, desconfiada.

Foi quando reparou na desordem da casa e na cadela debaixo da mesa. Suspirou, como se estivesse cansada, e do bolso do vestido tirou uma varinha de condão.

— Conte-me o que aconteceu — ela pediu à cadela, lançando-lhe um feitiço.

Como se gente fosse, o animal firmou-se sobre as patas traseiras e se pôs a recitar:

— Ão, ão, ão... Atrás daquela porta se esconde quem me bateu com um bastão!

Denunciado, o homem abandonou o esconderijo, o bastão erguido para acertar as duas. Nem chegou a encostar nelas.

Com um novo feitiço da fada ele começou a latir, automaticamente caindo de quatro. Continuava humano, mas um que se comportava como cachorro.

— Ajude-me a preparar o jantar — disse a mulher à cadela. — Hoje faremos uma salada.

***

Naquele estado humilhante, o Homem-Cachorro foi para casa. Mas se engana quem acha que ele aprendeu a lição. Cada vez mais selvagem, passou a ameaçar a vida de mãe e filha, a quem pretendia despedaçar a mordidas.

Numa noite, resolveu cumprir a ameaça, começando pela menina. Foi ao sótão onde a confinara e, rosnando, encurralou-a contra uma parede.

No segundo em que avançou, a menina, ligeira, tomou a chave em seu cinturão, desviou-se do ataque e correu até o baú, no quarto dele. No caminho, encontrou a mãe, a quem puxou para acompanhá-la.

Enquanto uma trancava a porta do aposento para o Homem-Cachorro não entrar, a outra destrancava o baú.

— Diga aos sapatos para nos levar até o rei — aconselhou a mãe. A filha já calçava o par feito de cetim. — Pediremos justiça!

Do outro lado da porta, ferozmente o Homem-Cachorro arranhava a madeira para arrebentá-la.

Desejando do fundo do coração reencontrar a felicidade, a menina fez o seu primeiro pedido aos sapatos. Imediatamente ela e a mãe sumiram dali para aparecer nos jardins do palácio real. Naquela noite, o rei promovia um baile em comemoração ao aniversário de sua rainha.

— O Homem-Cachorro virá atrás de nós — previu a mãe, aflita.

Para que pudessem se misturar aos convidados e se aproximar do rei, precisariam substituir suas roupas simples por belos vestidos de festa. E foi esse o segundo pedido que a menina fez aos sapatos.

Elegantemente vestidas, elas se dirigiram ao salão, onde o baile seguia lotado e muito animado. Tanto o rei quanto a rainha trocavam de pares na dança para que todos os convidados pudessem acompanhá-los. Era, portanto, a oportunidade perfeita para cada pessoa conversar diretamente com eles.

Mas havia gente demais à espera daquela oportunidade e nunca chegava a vez da mãe ou da menina, cada vez mais agoniadas com a demora.

Quando, enfim, o rei veio até a menina, gentilmente puxando-a para uma valsa, três criados do Homem-Cachorro surgiram no salão. Eficientes, logo dominaram a outra fugitiva.

— Majestade, por favor, nos ajude! — implorou a menina, apavorada. — Minha mãe e eu fugimos porque esses meus sapatos são mágicos e me concedem três desejos... É que tinha uma cachorrinha gulosa que não podia comer pão e o meu padrasto... Ele é perigoso! Por favor, majestade!

Sem entender nada, o rei nada fez.

— Majestade, com licença — disse um dos criados do Homem-Cachorro, após uma reverência. — Meu senhor nos mandou buscar a esposa e a filha que, como Vossa Majestade pode comprovar, vieram ao seu baile sem convite.

O rei reparou melhor na mãe e na menina. Não as reconheceu porque elas não faziam parte da nobreza e, como o baile não era aberto ao povo, uma fraude como aquela exigiria alguma punição.

— Hoje é dia de festa e não vou punir ninguém — decidiu. — Além disso, parece-me um assunto de marido e mulher. Pode levá-las.

O criado agradeceu com uma nova reverência. A um sinal seu, um dos criados capturou a menina e arrastou-a, junto com a mãe, para fora do salão.

* * *

A menina, entretanto, debatia-se tanto e chorava tão alto que a cena despertou o interesse da rainha e do comandante da guarda real que com ela dançava.

— Vá investigar — a rainha ordenou ao homem.

Como mandavam os seus bons modos, ele a entregou a um nobre à espera da vez para dançar com ela e foi investigar o assunto. Uma das convidadas, que ouvira a explicação confusa da menina, repetiu para ele palavra por palavra dita ao rei.

— O que aquela criança contou não fez nenhum sentido — disse a convidada. — A pobrezinha deve ser maluca...

* * *

Na escadaria externa do palácio, com truculência os criados levavam mãe e filha direto a uma carruagem pronta para partir. Era junto ao transporte que o Homem-Cachorro, latindo ferozmente, esperava por elas.

Embora no local houvesse guardas e alguns convidados, ninguém interferiu na cena. Pareciam encará-la como se fosse parte de algum espetáculo.

— Faça o terceiro pedido aos sapatos! — pediu a mãe à menina. — E nos mande para o lugar mais longe que puder!

Seria a última chance de sobrevivência para as duas.

No segundo em que a menina ia dizer o seu último pedido, um empurrão de um dos criados lançou-a à frente e um dos sapatos de cetim caiu de seu pé.

Sem ele, o pedido da menina não tinha como se realizar.

* * *

Na escadaria do palácio, o comandante quase tropeçou no sapato que caíra do pé da menina. E ainda apareceu a tempo de avistar a carruagem a toda a velocidade deixando o palácio.

Ao vê-lo parado e tão pensativo, um dos guardas veio correndo até ele.

— Comandante, o senhor não vai acreditar! — disse ele, esbaforido. — Sabe aquela carruagem?

— O que tem ela?

— Juro para o senhor que dentro tem um homem que late!

— Um cachorro, você quer dizer.

— Não! Era homem mesmo. E estava tão bravo que fiquei com pena da esposa e da filha que foram obrigadas a ir com ele... Um dos criados dele, inclusive, falou para elas que o homem tinha farejado as duas até aqui! Senhor, como isso é possível?

— Na verdade, não deveria ser possível — respondeu o comandante.

* * *

A cavalo, o comandante seguiu o trajeto da carruagem do Homem-Cachorro até certo ponto, quando a perdeu de vista. Amanheceu, vieram mais horas em que não achou nenhuma pista.

No final da tarde, ao passar pela margem de um rio, avistou uma simpática choupana à beira da floresta. Na porta, uma cadela latia para ele, como se quisesse lhe pedir algo.

O comandante foi até ela, acariciou suas orelhas, silenciando-a, e acabou entrando ao perceber que a porta estava entreaberta. Não havia ninguém no local.

— Aposto como você está com fome — disse para a cadela.

Na cozinha, o animal voltou a latir, indicando um pedaço de pão sobre a mesa que não alcançava. O comandante sorriu, mas não lhe fez a vontade.

— Vou procurar um alimento mais saudável para você — prometeu.

Nesse instante, a porta foi totalmente aberta por uma mulher carregando um cesto cheio de legumes e verduras. Feliz da vida, a cadela foi recebê-la com a cauda abanando em ritmo frenético.

Temendo ser confundido com um ladrão, o comandante refugiou-se atrás de outra porta, a do quarto.

— Tem alguém aí? — perguntou a mulher, desconfiada.

Foi quando reparou que o pedaço de pão permanecia no lugar. Ela suspirou, como se estivesse cansada, e do bolso do vestido tirou uma varinha de condão.

— Conte-me o que aconteceu — disse para a cadela, lançando-lhe um feitiço.
Como se gente fosse, o animal firmou-se sobre as patas traseiras e se pôs a recitar:
— Ão, ão, ão... Atrás daquela porta se esconde quem não quis me dar pão!
Assombrado, o comandante abandonou o esconderijo, já pedindo desculpas.
— Sou o comandante da guarda real — apresentou-se.
Novamente a fada suspirou.
— Fez bem em não dar pão a essa gulosa — disse. — Faz mal à saúde dela.
— Eu sei. Também tenho um cachorro.
Um novo feitiço da fada e o animal voltou a latir e a ficar sobre as quatro patas.
— Ajude-me a preparar o jantar — disse ela ao comandante, indicando a cesta. — Hoje faremos uma torta.
— Desculpe-me, senhora, não posso ficar — ele avisou. E do bolso de seu manto tirou o sapato de cetim. — Mas talvez a senhora possa me dizer se sapatos realizam desejos... E se existe mesmo um homem que late e ainda consegue farejar os rastros da esposa e da filha.

* * *

Anoitecia no momento em que o comandante chegou à fazenda da mãe da menina, acompanhado por um punhado de guardas.

Foi recebido pelos criados, que alegaram que o dono da casa tinha saído.

— Em nome de Sua Majestade, ele deve vir falar comigo agora! — ordenou o comandante.

Ordem do rei não podia ser desobedecida. Sem alternativa, os criados trouxeram o Homem-Cachorro. De quatro, ele rosnou e, ao tentar dizer algumas palavras, latidos saíram de sua boca.

— Onde estão a esposa e a menina? — cobrou o comandante.

De novo sem alternativa, os criados trouxeram as duas mulheres. Uma se apoiando na outra, ambas tinham cortes, hematomas e marcas de mordida pelo corpo.

Fingindo não reparar nos ferimentos, o comandante tirou do bolso o sapato deixado para trás, abaixou-se diante da menina e colocou-lhe o calçado no pé descalço.

— Ainda lhe resta algum desejo? — perguntou o comandante.

— O último... — ela murmurou.

— Peça com sabedoria.

A menina cerrou os olhos, inspirou fundo e concentrou-se. Já sabia o que escolher para reencontrar a felicidade.

— Desejo nunca ter aceitado os doces oferecidos pelo vizinho — decidiu.

* * *

Como se alguém puxasse uma linha e desmanchasse o tecido do tempo, horas, dias e meses recuaram até a primeira vez que, voltando da escola, a menina conheceu o novo vizinho, aquele que viria a se tornar o seu padrasto.

Sorridente, ele lhe ofereceu um tentador doce feito de mel.

— Quem adoça com mel também pode amargar com fel — recusou a menina.

Foi para casa, onde encontrou a mãe ainda viúva, cuidando de sua fazenda e, como o novo vizinho, sem memória alguma do que fora desmanchado no retorno ao passado.

Houve novas tentativas do novo vizinho em conquistar a simpatia da menina. Diante de tantas recusas, ele acabou desistindo.

E o tempo prosseguiu sendo tecido, com a linha criando outras possibilidades de presente e futuro.

Em algum final de tarde dessa nova realidade, passeando junto ao rio, mãe e filha avistaram a simpática choupana à beira da floresta. Mas não havia nenhuma cadela latindo junto à porta, o que deixou a menina curiosa.

— Mãe, a senhora gostaria de conhecer uma amiga minha? — ela convidou.

E lá se foram as duas à choupana.

Na cozinha, a fada terminava de colocar a mesa para quatro pessoas. Perto dela, o comandante tirava do forno uma torta deliciosamente cheirosa.

— Vocês duas chegaram na hora — disse a fada. — Venham jantar!

Assim que depositou a assadeira sobre a mesa, o comandante piscou, aturdido.

— Quem é a senhora? — perguntou para a fada. — E como vim parar aqui?

— Você veio me visitar com o seu cachorro — disse ela. — E me ajudou a preparar o jantar.

— Eu?! Não! Eu estava cuidando dos últimos preparativos para o baile de aniversário da rainha e...

— E de repente veio parar aqui? Ah, quanta imaginação você tem!

Ela sorriu, travessa, e ele não entendeu nada. Mas, já que estava ali, espiou a cadela que dormia ao lado de seu cachorro no tapete da sala e decidiu se sentar à mesa, como mãe e filha acabavam de fazer. A torta parecia mesmo saborosa.

Naquele jantar especial, a menina confirmou que ele também não se lembrava de nada, a mãe não precisava de um novo marido, a fada continuava uma excelente cozinheira e a cadela sempre aproveitaria a ausência da dona para pedir pão a quem passasse pela choupana.

E, mais importante de tudo, que a felicidade existia em momentos como aquele, uma simples refeição com pessoas queridas.

* * *

Dias mais tarde, foi o vizinho quem passou perto da choupana. Sem lembrança do que já tinha lhe ocorrido, ele se irritou com os latidos da cadela, invadiu o local, quis bater na fada e novamente foi enfeitiçado.

Após virar Homem-Cachorro pela segunda vez, ele se tornou o mais temido vilão das redondezas, sempre ansioso para morder quem não quisesse seguir as suas ordens.

Certo dia, ele ficou sabendo da existência de um colar de ouro, rubis e diamantes, pertencente à marquesa de Carabás.

E do baile em que teria a melhor chance de roubá-lo.

CENTRAL DE INTELIGÊNCIA REAL
SECRETARIA REAL DE POLÍCIA CIVIL

Controle int.: 354201-0230/02   Procedimento: 210-47556/4

DEPOIMENTO DAS TESTEMUNHAS

"Quando a marquesa de Carabás gritou por socorro, fui a primeira a chegar ao quarto dela. O colar tinha sido roubado, ela pedia ajuda e, de repente, o Homem-Cachorro saltou de dentro de um baú e veio para cima de nós, querendo nos morder. Minha sorte é que morei com o meu namorado nos tempos em que ele ainda estava transformado em fera e aprendi que, nessas horas, só nos resta fugir. Puxei a marquesa e saímos correndo, com o Homem-Cachorro atrás de nós."

Bela
Bela, 27 anos

"O pânico tomou conta do palácio. Minha namorada e a marquesa correram para o salão lotado, o Homem-Cachorro quis morder os convidados, muita gente fugiu. Como passei anos transformado em fera e nunca sei quando terei uma recaída, sou prevenido e sempre levo comigo uma focinheira. Com a ajuda de algumas pessoas, conseguimos segurar o Homem-Cachorro e evitar que ele fizesse vítimas."

Fera
Fera, 23 anos

"Oi! Sou eu de novo! Você reparou como aquele Homem-Cachorro está infestado de pulgas? Olha, não sou de contar vantagem, mas o meu namorado, quando era fera, se cuidava direitinho. Nunca teve uma pulga sequer!"

Bela
Bela, 27 anos

Branca de Neve
INVESTIGADORA RESPONSÁVEL

CENTRAL DE INTELIGÊNCIA REAL
SECRETARIA REAL DE POLÍCIA CIVIL

Controle int.: 354201-0230/02   Procedimento: 210-47556/4

INTERROGATÓRIO

Tradução simultânea realizada pelo adestrador de cães da Força Policial do Reino, fluente no idioma cachorrês

Branca: Você roubou o colar da marquesa?
Homem-Cachorro: Au, au! Au? Au au au?
Adestrador: "Roubei, sim! Por quê? Vai encarar?"
Branca: E como você roubou a joia?
Homem-Cachorro: Au au au au. Au au au au au. Au au. Au au au. Au au au au.
Adestrador: "A marquesa e as criadas estavam no closet. Entrei no quarto. Peguei o colar. O Cruel e a Cruélia apareceram. Me escondi dentro do baú."
Branca: Você entrou no quarto pela porta ou pela janela?
Homem-Cachorro: Au.
Adestrador: "Porta."
Branca: Como você abriu o cofre?
Homem-Cachorro: Au au!
Adestrador: "A dentadas!"
Branca: Havia outras joias guardadas no local?
Homem-Cachorro: Au au au!
Adestrador: "Roubei todas elas!"
Branca: Mas você não carregava nenhuma joia quando foi preso. Elas também não estavam no baú. Onde você as escondeu?
Homem-Cachorro (após um rosnado): Au au au au!
Adestrador: "Não é da sua conta!"
Branca: Uma última pergunta... Você nunca pensou em usar um xampu antipulgas?
Homem-Cachorro (raivoso): AU AU AU!!!!!!!!
Adestrador: Desculpe, investigadora, mas não vou traduzir o palavrão.

Branca de Neve
INVESTIGADORA RESPONSÁVEL

DELEGACIA DE POLÍCIA DE CARABÁS
SECRETARIA REAL DE POLÍCIA CIVIL

Controle int.: 354201-0230/02   Procedimento: 210-47556/4

PROVA

Encontrada pela investigadora Branca de Neve
no quarto da marquesa de Carabás

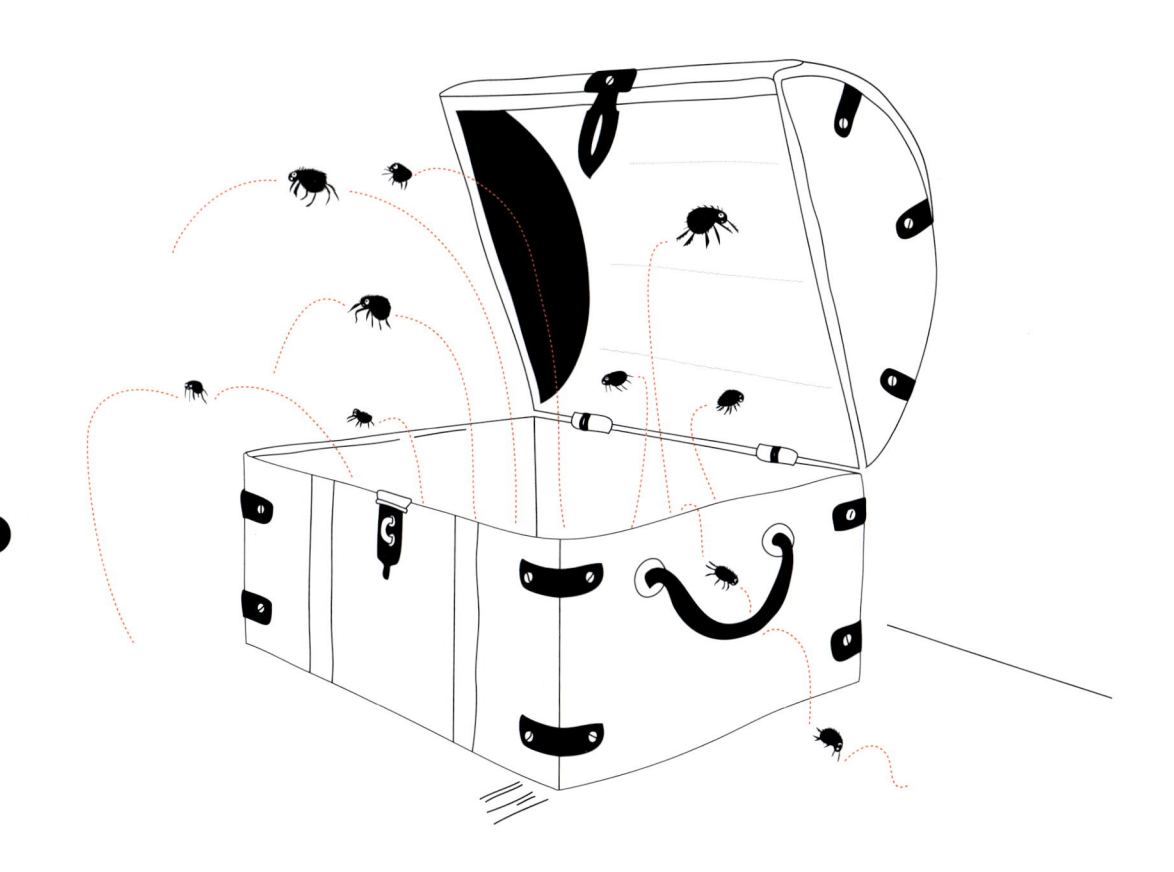

PULGAS DEIXADAS PELO HOMEM-CACHORRO NO BAÚ
ONDE ELE SE ESCONDEU

PASTA 3

TERCEIRA PASTA

PASTA 4

PASTA 5

Polícia Do Reino De Carabás
Central de Inteligência Real
REGISTRO CRIMINAL

NÚMERO DO ARQUIVO	nr.1029858
DEPARTAMENTO	F-55217-3(1)
ID	Z5440

SUSPEITA   MÃOZINHA

IDADE   INDEFINIDA

GÊNERO   NÃO SE APLICA

CARACTERÍSTICA MARCANTE: agilidade maldosa.

MODUS OPERANDI: desde que foi separada do corpo de um ladrão, Mãozinha especializou-se em furtos. Num piscar de olhos, ela pega os mais variados objetos valiosos e foge numa velocidade impressionante.

IMPRESSÕES DIGITAIS

INFORMAÇÕES DE PRISÃO E SENTENÇA

CAPTURADA

ANTECEDENTES

Primeiro, ele precisava do ingrediente mais importante. Esperou, então, que um criminoso fosse enforcado na praça principal do vilarejo e, enquanto o morto ainda balançava preso à corda, rapidamente subiu no patíbulo, arrancou-lhe a mão direita com uma espada e fugiu correndo antes que o carrasco e os guardas o pegassem.

A seguir, após salgar aquele ingrediente bizarro e deixar que secasse ao sol, mergulhou-o em cera quente e, como arremate, prendeu-lhe entre os dedos médio e indicador um pavio feito de fios entrelaçados de cabelo.

Enfim tinha a sua mão do finado, uma vela macabra que, quando acessa, abria todas as trancas e, com seu aroma fétido, adormecia as pessoas à sua volta.

Muito útil para um ladrão como ele.

Ansioso para estrear a sua mão do finado, o ladrão escolheu um alvo. Aproveitaria a viagem do alfaiate real para, durante a noite, invadir e roubar sua loja repleta de tecidos caros, botões de pedras preciosas e carretéis com linhas de ouro e prata. De posse de uma magia tão poderosa, não teria problema algum em lidar com os três filhos, crianças ainda, que o alfaiate deixara em casa, aos fundos da loja.

Sabendo que ele só retornaria no dia seguinte, o ladrão aproveitou o temporal que desabava no vilarejo, disfarçou-se de mendigo e foi bater à porta da loja. Quem lhe atendeu foi o menino mais velho, que se apiedou de sua aparente situação miserável. Vinha acompanhado dos dois irmãos menores.

— Por favor, permita que eu tenha um teto para passar a noite... — o ladrão aproveitou para implorar. — Há dias que só me alimento de restos de comida...

Esperto, o menino caçula desconfiou de suas intenções.

— Nosso pai mandou que não abríssemos a porta para ninguém — ele disse ao irmão. — Entregue algum dinheiro a esse homem para que ele pague por um jantar na taberna mais próxima. Lá também poderá dormir aquecido junto à lareira.

Vendo que o plano corria o risco de ir por água abaixo, o ladrão se pôs a chorar lágrimas de crocodilo.

— Jamais me aceitarão na taberna... — fungou. — Há dias que não tomo banho...

O caçula achou melhor farejá-lo.

— Pois o senhor me parece muito limpo! — decretou após alguns segundos.

— Que modos são esses, irmão? — indignou-se o menino mais velho.

— Onde já se viu ficar cheirando os outros? — criticou o menino do meio.

— Nossa mãe morreu cedo, mas nosso pai soube nos educar!

— E essa não foi a educação que ele nos deu!

O caçula ia apresentar seus argumentos, porém o mais velho o ignorou e se dirigiu ao falso mendigo:

— Vamos, sim, acolher o senhor! Conte com a nossa bondade.

O caçula nada pôde fazer para impedir que o ladrão adentrasse a loja e, a seguir, a casa dos fundos, onde se aqueceu junto à lareira e se esbaldou com um farto jantar servido pelo menino do meio.

Em dado momento em que os anfitriões pareciam distraídos, conversando, o ladrão tirou do bolso a vela macabra e, tampando o próprio nariz para evitar o cheiro fétido, acendeu-a.

Foi o suficiente para que os três meninos despencassem de sono.

* * *

O que o ladrão sequer desconfiava era que o menino caçula, ao perceber que ele ia acender uma vela bastante suspeita, prendeu a respiração e só fingiu que caía adormecido. De olhos minimamente entreabertos, ele o viu ainda amarrar um lenço no rosto, cobrindo nariz e boca, e tratar de recolher o que pretendia levar.

Os tecidos mais caros, os botões das mais preciosas pedras e os carretéis das linhas mais valiosas foram parar em três lençóis improvisados como trouxas. Também cobrindo o nariz, o caçula esperou que o ladrão tirasse da loja a primeira trouxa e correu para trancar a porta, deixando-o do lado de fora.

* * *

O falso mendigo ficou furioso, principalmente porque a tão estimada mão do finado, a mesma que abria qualquer tranca, tinha ficado do lado de dentro.

— Abra já que eu quero entrar! — exigiu.

— Fique com essa trouxa aí e vá embora! — mandou o menino caçula.

— Não vou embora sem a minha mão do finado!

É verdade que não ficaria tão no prejuízo assim... Mas abrir mão de sua estimada mão do finado, ah, isso não!

Demorou para que o caçula voltasse a se manifestar. Quando o fez, estava muito preocupado.

— Não consigo apagá-la! — justificou. — E os meus irmãos continuam dormindo!

— Só vinagre apaga essa vela... — o ladrão teve que revelar.

Nova demora, o tempo de o menino ir aos fundos da loja, pegar o vinagre na cozinha, apagar a mão do finado, despertar os irmãos e, com eles, surgir do outro lado da porta.

— Não é certo essa mão ficar com você — o caçula decidiu. — Vou entregá-la ao coveiro para que ele a enterre junto com o legítimo dono!

— É o que o nosso pai diria — concordou o menino mais velho. — Ele soube nos educar.

— Sim, essa foi a educação que ele nos deu — endossou o do meio.

— Eu quero de volta a minha mão do finado! — berrou o ladrão, descontrolado, socando e chutando a porta.

Fez-se silêncio no interior da loja, o que deu ainda mais destaque ao escândalo que acontecia diante de sua fachada. Logo a vizinhança inteira aparecia para descobrir o motivo de tanto barulho.

A saída para o ladrão foi colocar a trouxa nas costas e, jurando mil vinganças contra os meninos, fugir correndo antes que o pegassem.

* * *

Durante a viagem do alfaiate do rei, um acidente o vitimou, deixando órfãos os seus três meninos. Eles acabaram sob a tutela de um tio viciado em jogatina, que em poucos meses gastou o que não podia, perdeu a loja para as dívidas e os levou à miséria.

Os quatro passavam fome quando o ladrão viu a sua chance de vingança. Tinha formado o próprio bando, enriquecido à custa de muitos crimes e, embora procurado pela Força Policial daquele reino, sempre arrumava um jeito para que não o pegassem.

Só de uma coisa sentia falta: a tão estimada mão do finado.

Tinha que recuperá-la.

Um dia, disfarçado de rico comerciante, encontrou o tio dos meninos apostando o que não tinha num jogo de dados. Bastou oferecer um valor pelos dois meninos mais velhos e levá-los como escravos para uma cabana num trecho distante da floresta.

Bastava o menino caçula morder a isca.

* * *

Ao saber que o tio vendera os dois meninos mais velhos, o caçula ficou desesperado. Tinha que encontrar uma maneira de salvá-los!

Lembrou-se, então, da mão do finado. Com todos os problemas dos últimos tempos, ainda não pudera entregá-la ao coveiro do vilarejo.

Ao chegar à cabana no trecho distante da floresta, o caçula deu com a porta trancada. Por mais que hesitasse em usar uma vela tão macabra, não encontrou opção.

Tomando o cuidado de cobrir nariz e boca com um lenço, ele a acendeu. No mesmo instante, a porta abriu-se sem que encostasse nela. Os irmãos estavam lá dentro, vigiados por três ladrões.

Ainda graças à magia, todos caíram em sono profundo, inclusive os prisioneiros, o que o obrigou a arrastar para fora primeiro um irmão e depois o outro.

Como não teria como carregá-los, apagou a chama com vinagre. Como consequência, os irmãos despertaram, assim como despertaram os três ladrões dentro da cabana.

— Temos que correr! — cochichou o caçula.

Mal deram alguns passos. O chefe do bando, o mesmo ladrão que meses antes se disfarçara de mendigo, bloqueou-lhes a passagem. Prevenido, ele também tinha o nariz e a boca protegidos por um lenço.

A um sinal dele, outros homens do seu bando saíram detrás de árvores e arbustos, cercando os três meninos.

Enfim a mão do finado retornava às suas mãos.

* * *

Para completar a vingança, o chefe dos ladrões prendeu os tornozelos dos meninos a correntes de ferro. Nunca mais conseguiriam escapar.

E pior: acabariam morrendo de fome e sede, pois o chefe e seu bando passaram a viajar muito para realizar crimes por todo o reino — com resultados cada vez melhores, graças à mão do finado. Ficavam dias e dias longe da cabana, abandonando os meninos à própria sorte.

Já a sorte, pelo menos por enquanto, cuidava deles. Havia uma macieira cheia de frutos junto a uma janela que conseguiam alcançar e abundantes chuvas que eram frequentes naquela época do ano, o que lhes fornecia água suficiente para aplacar a sede.

A tragédia viria quando os frutos acabassem e as chuvas resolvessem ceder lugar a dias quentes e secos.

A não ser que a sorte continuasse a ajudá-los.

* * *

Com o auxílio da mão do finado, o chefe do bando executou seu plano mais ambicioso: sequestrou a filha do rei e por ela exigiu um valor de resgaste absurdamente alto. A cabana no trecho distante da floresta funcionaria como o cativeiro perfeito. Foi para lá que ele a levou e a trancafiou com os três meninos.

Tão confiante estava no sucesso da empreitada que não considerou prendê-la também com correntes.

— O que uma menina pode fazer contra homens como nós? — desprezou.

Fora da cabana e ao redor de uma fogueira, os ladrões e seu chefe resolveram comemorar. Beberam muito, conversaram bastante, riram demais, cantaram músicas desafinadas e, por fim, bêbados como estavam, caíram no sono.

Quando seus roncos dominaram aquele trecho distante da floresta, o menino caçula passou à princesinha todas as informações que ela precisava saber sobre a mão do finado.

* * *

Tocar naquela mão seca de defunto, sem dúvida, embrulharia o estômago da princesinha. Mas ela teria que ignorar o asco, sufocar algum grito de horror e agir de acordo com o combinado, pois a sobrevivência dos meninos dependia dela.

O mais silenciosamente que pôde, a menina pulou a janela e, do lado de fora, foi esgueirando-se até o chefe do bando. Como o menino caçula explicara, o homem sempre guardava a vela macabra no bolso direito de sua túnica.

A princesinha respirou fundo, seu coração batendo forte de medo e ansiedade. Tateando, encostou no que buscava. A tal mão era áspera, fria, mais do que repulsiva.

Reunindo toda a sua coragem, roubou-a para si, cobriu nariz e boca e acendeu-a para não correr o risco de alguém despertar. A vela também destrancou a porta da cabana, bem como libertou das correntes os meninos, os três já com narizes e bocas cobertos.

A fuga, no entanto, não seria tão fácil quanto imaginavam.

* * *

Quanto mais distante o cheiro da vela, mais o seu efeito diminuía. No minuto em que as crianças sumiram de vista, correndo floresta afora, ele se esvaiu por completo, acordando todos os integrantes do bando.

Ainda sonolento, o chefe deu por falta da tão estimada mão do finado, descobriu sobre a fuga, calculou o quanto deixaria de ganhar se o rei não precisasse mais pagar o resgate e, babando em fúria, partiu com os seus homens atrás dos fugitivos.

Iam a cavalo, o que velozmente diminuiria a distância entre eles.

* * *

Após saírem da floresta, os fugitivos tomaram uma estrada para o castelo do rei, onde devolveriam a princesinha e pediriam proteção contra o chefe e seus ladrões. Só não contavam avistá-los tão cedo em seu encalço.

Mesmo em imensa desvantagem, as crianças continuaram correndo. Logo alcançaram a última de três carroças com esterco que também se dirigiam ao castelo, uma atrás da outra.

Veio da princesinha a ideia de apagarem a vela e se esconderem junto à carga tão malcheirosa.

— Depois de segurar aquela mão medonha, não tenho nojo de mais nada! — ela garantiu aos meninos.

* * *

O chefe dos ladrões alcançou primeiro a última das carroças. O condutor teve que pará-la e, amedrontado com as ameaças do bando, foi obrigado a esvaziá-la para provar que ali ninguém havia se escondido. Só encontraram esterco mesmo.

Enquanto isso, as outras duas carroças seguiam viagem.

— Os fugitivos devem estar na carroça do meio! — apostou o chefe.

Em minutos, o bando cercou-a, obrigando o condutor a parar e a também esvaziá-la para provar que ali ninguém havia se escondido. Só encontraram esterco mesmo.

Enquanto isso, a carroça da frente seguia viagem.

— Os fugitivos estão naquela lá! — o chefe teve certeza.

Quando estava prestes a cercá-la, o bando precisou recuar; ela cruzava os portões do castelo do rei naquele instante. Mais um passo e seriam descobertos pelos guardas que vigiavam as muralhas.

— Eu vou me vingar dos meninos! — prometeu o chefe, possesso.

E recuperaria a sua tão estimada mão do finado. Não duvidava disso.

* * *

Movido pela vingança, o chefe não esperou para agir. Deixou de tocaia o seu bando e foi ele mesmo cuidar do assunto. Disfarçou-se de criado, conseguiu entrar no castelo e, conversando com um dos guardas, soube que o rei decidira criar os filhos do seu falecido alfaiate como gratidão por terem ajudado a salvar a princesinha.

— Como o nosso soberano é bondoso, não? — comentou, fingindo sinceridade.

Também descobriu que o rei escolhera para abrigar os meninos um quarto na ala leste, a menos movimentada do castelo, o que só aumentava as chances do chefe dos ladrões. Bastou esperar pela madrugada para agir.

De mansinho, ele invadiu o quarto dos meninos, verificou que dormiam tranquilos em suas camas e, feliz, avistou a tão estimada mão do finado sobre uma cômoda. Tratou de acendê-la para que ninguém acordasse, não sem antes cobrir nariz e boca.

Vinha agora a vingança final.

De um bolso do uniforme de criado, tirou uma faca e avançou até a cama de um dos meninos, pronto para matá-lo.

A lâmina, porém, acertou um dos travesseiros que, com o cobertor por cima, davam a impressão de ter alguém ali dormindo. Nas duas outras camas, mais travesseiros também forjavam a presença dos meninos.

— Fui enganado! — murmurou o chefe dos ladrões.

No mesmo minuto, guardas invadiram o aposento, todos com lenços cobrindo nariz e boca. O rei, os meninos e a princesinha vieram logo atrás.

Ao chefe dos ladrões restou se entregar, implorando por misericórdia.

* * *

Todo o bando foi capturado pelos guardas e encaminhado à masmorra do castelo junto com o chefe. Quanto à vela macabra, ela foi entregue ao coveiro do vilarejo e devidamente enterrada com o seu legítimo dono.

Na verdade, isso ocorreu no mesmo dia em que o chefe dos ladrões subiu ao patíbulo, foi enforcado e, ironia das ironias, teve a mão direita decepada e roubada por alguém que fugiu correndo antes que o pegassem.

Era a sua vez de se tornar a tão estimada mão do finado de outro ladrão.

* * *

Acontece que, antes mesmo de ser salgada e secar ao sol, Mãozinha conseguiu escapar. Não queria virar vela de jeito nenhum!

Atuando de maneira independente, fez a própria fama, tornando-se a ladra número um daquele reino.

Não parou aí. Foi agir nos reinos vizinhos, acumulou um imenso tesouro e, um dia, se deu conta de que ainda não tinha o famoso colar da marquesa de Carabás.

O tal baile seria a oportunidade perfeita para pegá-lo.

CENTRAL DE INTELIGÊNCIA REAL
SECRETARIA REAL DE POLÍCIA CIVIL

Controle int.: 354201-1231/09   Procedimento: 210-4865/9

DEPOIMENTO DAS TESTEMUNHAS

"Por favor, não conte à minha madrasta que eu participei do baile dos Carabás. Eu só queria conhecer um príncipe, dançar com ele até a meia-noite... Mas nada deu certo! E ainda perdi um dos meus sapatos de cristal quando o Homem-Cachorro invadiu o salão. Foi gente correndo para todo lado! Ahn? Se eu vi a Mãozinha? Vi, sim! Foi um pouco antes, logo que eu cheguei ao palácio. Eu estava desembarcando da minha abóbora... digo, da minha carruagem, daí olhei para cima, sabe, para admirar a decoração que montaram para recepcionar os convidados. Aí reparei na Mãozinha entrando agilmente em um dos quartos, que depois eu soube ser o aposento da marquesa.

Cinderela
Cinderela, 18 anos

"Depois que o Homem-Cachorro saltou do baú, eu vi a Mãozinha escapulindo do quarto da marquesa pela janela. Não, meu nariz não está crescendo, é impressão sua. A Mãozinha carregava uma sacola cheia de joias e... Não, você está enganada, meu nariz nunca cresce quando digo uma mentira. Vi que dentro da sacola também estava o colar e... EU JÁ FALEI QUE O MEU NARIZ NÃO ESTÁ CRESCENDO!"

Pinóquio
Pinóquio, criado há seis meses
como boneco de madeira

Branca de Neve
INVESTIGADORA RESPONSÁVEL

DELEGACIA DE POLÍCIA DE CARABÁS
SECRETARIA REAL DE POLÍCIA CIVIL

Controle int.: 354201-1231/09   Procedimento: 210-4865/9

INTERROGATÓRIO

A própria suspeita escreveu as respostas.

Branca: Você roubou o colar da marquesa?
Mãozinha: Você acha que uma ladra tão incrível quanto eu não seria capaz de roubar um colarzinho tão insignificante quanto aquele?

Branca: Como você roubou a joia?
Mãozinha: Entrei no quarto da marquesa pela janela, quando ninguém estava olhando. Furtei o colar e fugi tão rápido que o Homem-Cachorro, que entrou ali logo depois, nem me farejou.

Branca: Como você abriu o cofre?
Mãozinha: Tenho os meus truques.

Branca: Havia outras joias guardadas no local?
Mãozinha: Nenhuma que me interessasse.

Branca: Onde você escondeu o colar?
Mãozinha: Você tem ideia de como sou rápida? Enquanto você corria para acudir a marquesa, eu já guardava o colar junto com o meu tesouro no meu esconderijo secreto.

Branca: E onde estava a sua rapidez quando eu prendi você?
Mãozinha: Não tenho mais nada a declarar.

Branca de Neve
INVESTIGADORA RESPONSÁVEL

DELEGACIA DE POLÍCIA DE CARABÁS
SECRETARIA REAL DE POLÍCIA CIVIL

Controle int.: 354201-1231/09   Procedimento: 210-4865/9

PROVA

Encontrada pela investigadora Branca de Neve
no quarto da marquesa de Carabás

MARCA DEIXADA PELA MÃOZINHA ANTES DE INVADIR O LOCAL

QUARTA PASTA

PASTA 4

PASTA 5

Polícia Do Reino De Carabás

Central de Inteligência Real
REGISTRO CRIMINAL

NÚMERO DO ARQUIVO   nr.1029859
DEPARTAMENTO   F-55217-3(1)
ID   Z5230

SUSPEITO   PRÍNCIPE URTIGA

IDADE   30 ANOS

GÊNERO   MASCULINO

CARACTERÍSTICA MARCANTE: obsessão fatal.

MODUS OPERANDI: para conquistar a vítima, o príncipe finge ser bonzinho. Só depois ele mostra que, na verdade, é um vilão.

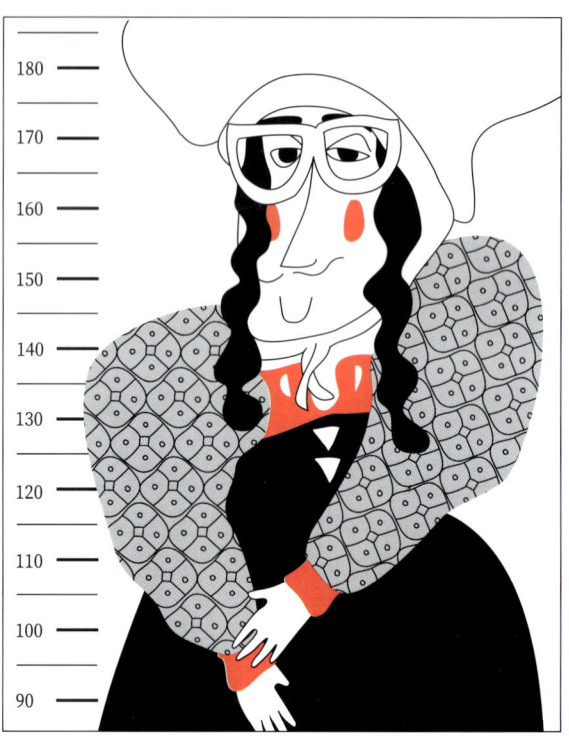

IMPRESSÕES DIGITAIS

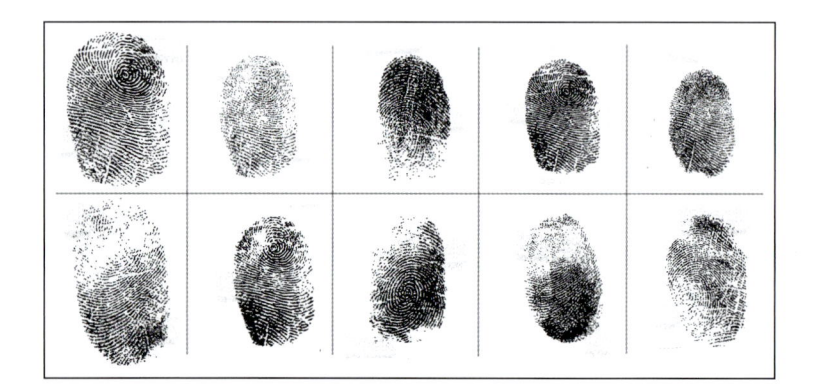

INFORMAÇÕES DE PRISÃO E SENTENÇA

CAPTURADO

ANTECEDENTES

Toda a vizinhança sabia que aquela madrasta era perversa, mas o marido não se importava com as pequenas crueldades que ela vivia cometendo contra os enteados, onze garotos e uma jovem, a mais velha entre eles.

Quando o marido faleceu, a madrasta resolveu se livrar dos herdeiros para não ter de dividir a fortuna da família. E aí ela aprontou algo tão terrível que, infelizmente, nenhum vizinho ficou sabendo. Só as vítimas.

Impaciente para executar seu plano, a madrasta, que também era uma feiticeira, convocou os enteados para um piquenique às margens de um rio.

Ao chegarem, ela gritou para os garotos:

— Transformem-se em aves sem voz e voem para muito longe de nós!

A irmã deles ficou desesperada, mas não pôde impedir o feitiço. No mesmo segundo, os onze foram transformados em cisnes que, obedientes, alçaram voo e sumiram no horizonte.

A madrasta riu com gosto. Depois se dirigiu à enteada e a empurrou na água.

— Agora é a sua vez! — cuspiu.

Enquanto a jovem se debatia, tentando nadar, a madrasta tirou três sapos da cesta de piquenique e atirou-os na água. Para o primeiro, mandou:

— Salte sobre a cabeça dessa garota e a torne tão estúpida quanto você!

Para o segundo, a ordem foi diferente:

— Salte sobre o rosto dela e a torne tão feia quanto você!

E, por fim, berrou ao terceiro:

— Salte sobre o coração dela e a torne tão perversa quanto eu!

A jovem não conseguiu evitar o ataque do primeiro sapo nem do segundo. Só escapou do terceiro ao nadar afoita até o outro lado do rio.

Ao atingir terra firme, disparou numa corrida alucinada para se embrenhar na floresta, onde estaria a salvo.

Parou um bom tempo depois. Nenhum sapo e madrasta a perseguiam.

Chorando, a jovem apoiou-se numa árvore. Perdera os irmãos e não sabia o que fazer. Sentia-se estúpida demais para tomar qualquer atitude.

Uma poça de água alguns passos adiante refletiu a sua nova aparência. O rosto fora deformado... Tornara-se um monstro.

A jovem passou a vagar pela floresta. Alimentava-se de frutas e raízes, escondia-se à noite para evitar os lobos e dessa maneira foi tocando a vida.

Certo dia, perambulava por uma clareira apanhando sol e comendo os últimos morangos antes do inverno, sem qualquer pensamento na cabeça, quando um andarilho veio até ela.

— Estes morangos parecem tão saborosos... — ele suspirou.

— O senhor quer dividi-los comigo?

Convite aceito e os dois se sentaram no chão, lado a lado. A neve cobriria o reino em breve e não haveria mais nada na floresta para alimentar a jovem.

— Quem fez isso com você, menina? — perguntou o andarilho.

— Fez o quê?

Ele indicou-lhe o rosto deformado:

— Isso.

A jovem não respondeu. Passou a contar os morangos para poder dividi-los de modo justo. Um morango, dois morangos... O que vinha depois mesmo? Recomeçou a conta uma vez, duas, várias vezes.

— Parece que o seu raciocínio também foi afetado — constatou o andarilho. — Estou certo?

A jovem deu de ombros.

— Conte-me a sua história — pediu ele.

* * *

Como a jovem descobriu após narrar as crueldades da madrasta, o andarilho era um feiticeiro que já percorrera vários outros reinos. Foi ele quem a ajudou a encontrar uma planta com poderes de cura, que nascia no trecho mais profundo da floresta.

— Repare como as folhas dessa urtiga são vermelhas — ensinou. — É um tipo mágico e muito raro. Agora faça uma túnica com todas as folhas, vista-a e veja o que acontece. E mais importante: mantenha-se quieta enquanto costura. Um som sequer que saia de sua garganta vai apunhalar o coração de quem usar a túnica, no caso você mesma.

A jovem obedeceu. Usou um galho fino para servir de agulha e algumas raízes como linha. O contato com a urtiga feriu suas mãos; ela não se importou. Sabia costurar muito bem e, melhor, era rápida.

Ao terminar a túnica, seguiu a orientação do andarilho. No mesmo instante, a estupidez e a aparência monstruosa desapareceram.

— Bem melhor agora, não? — observou ele, risonho.

Ganhou um beijo estalado na bochecha e a eterna gratidão da jovem, que jogou a túnica fora e se despediu antes de partir atrás dos irmãos.

* * *

Não foi nada fácil encontrá-los. Como levava algum dinheiro, pôde comprar roupas, uma mochila, agulha e linhas. Para sobreviver, ia oferecendo serviços de costura em cada vilarejo por onde passava. O inverno veio e foi embora, a primavera idem.

A todos pelo caminho ela perguntava se por acaso tinham visto onze cisnes que voavam juntos. Apenas um padeiro soube lhe responder:

— Uma vez vi um grupo assim se banhando num lago aqui perto.

* * *

Pelo meio da tarde, a jovem chegou ao local. Decepcionada, não viu cisne nenhum. Só por garantia, resolveu esperar um pouco.

Valeu a pena.

Pouco antes de escurecer, os onze cisnes surgiram no céu e pousaram à beira do lago. A jovem, embora feliz por vê-los, não saiu do lugar. As aves espiavam-na, desconfiadas.

— Sou eu... — disse ela. — A irmã de vocês.

O mais velho dos garotos, apenas um ano mais novo do que ela, foi o único a se aproximar. Emocionada, ela lhe estendeu as mãos:

— Sim, sou eu!

Os outros dez cisnes também se aproximaram, abrindo e fechando as asas de empolgação. Ela acariciou suas cabeças, beijou-lhes os bicos. O irmão caçula, que mal completara cinco anos de idade, aninhou-se em seu colo. Apesar de encantados, ainda estavam vivos e era isso que realmente importava.

— Tem uma maneira de desencantar vocês — a jovem contou. — Se eu costurar uma túnica para cada um com folhas de uma urtiga mágica e sem abrir minha boca enquanto faço isso, vocês voltarão a ser gente. Basta vestirem as túnicas uma única vez!

Os trigêmeos de dez anos e os gêmeos de sete fizeram peripécias alegres no ar. Os mais velhos, no entanto, mostraram-se preocupados. Onde encontrar a tal urtiga?

— Um amigo meu me disse que, além de ser encontrada na profundeza das florestas, ela também costuma nascer junto a alguns penhascos.

Ela explicou que as folhas eram vermelhas, que tinham um formato assim e assado. O cisne mais velho assentiu. Já vira a planta num desses penhascos. E não era só isso.

Ele bateu as asas e foi dar um largo giro no céu antes de aterrissar.

— É longe daqui? — a jovem decifrou a mensagem. — Eu terei que voar também?! Mas como voaria?

A solução foi costurar uma rede bem resistente. A jovem terminou a tarefa na primeira hora da manhã seguinte. Ansiosos para partir, os irmãos apressaram-na para que entrasse logo naquele transporte improvisado.

— Está bem, já vou!

Assim que ela se instalou com a sua mochila de viagem, os cisnes pegaram com o bico as beiradas da rede e prepararam-se para voar.

A jovem, amedrontada, cerrou os olhos com força. Sentiu o seu corpo deixar o chão e, veloz, ganhar cada vez mais altura.

Quando parou de subir, arriscou uma espiada. Visto tão de cima, o mundo que conhecia parecia ter encolhido...

Com um gemido, encolheu-se. Acabava de descobrir que morria de medo de altura.

* * *

A viagem durou dias. Aterrissavam antes do anoitecer para se alimentar e dormir. À primeira luz da manhã, retornavam ao céu.

Os penhascos ficavam numa ilha, que pertencia a um reino.

No instante em que pisou em terra firme, a jovem foi atrás das folhas de urtiga. Sorriu, satisfeita. Havia uma quantidade imensa delas, material suficiente para as onze únicas.

Começava naquele momento o seu voto de silêncio.

A vida dos irmãos dependia disso.

* * *

Naquela região de penhascos, existiam muitas cavernas. Foi uma delas que a família adotou como residência improvisada.

Quando a primeira túnica ficou pronta, a jovem chamou o cisne mais velho. Decepcionada, constatou que, sozinha, a peça não tinha nenhum poder mágico.

Os onze foram encantados juntos com um único feitiço, raciocinou. *Significa que devem ser libertados juntos.*

Ela fitou as folhas num canto da caverna. Teria que costurar todas as túnicas antes de quebrar o feitiço.

Vieram mais dias e noites. A jovem costurava a maior parte do tempo, parando somente por períodos muito curtos para as suas necessidades básicas. Dormia pouco, cozinhava para ela os peixes que os irmãos lhe traziam e costumava se lavar numa cachoeira não muito longe dali. O contato com a urtiga, como ocorrera antes, provocava vários ferimentos em suas mãos.

Numa tarde, depois que os irmãos saíram para dar uma volta no céu, a jovem largou a costura e foi até a cachoeira. Tinha algumas roupas para lavar.

Mal começou a tarefa e um ladrão surgiu às suas costas.

— Passe já todas as suas moedas! — ele mandou.

Se gritasse por socorro, a jovem acabaria matando os irmãos.

A solução foi se virar sozinha. Ao vê-lo desarmado, contando apenas com a sua alta estatura para intimidá-la, ela partiu para a briga. Chutou-lhe a canela e, antes que ele pudesse revidar, pegou uma toalha molhada e com ela o encheu de pancadas. O ladrão gritou de dor, fracassou em fugir e pediu misericórdia.

Só então ela percebeu que tinha plateia: um rapaz espiava-a, de queixo caído. Ele vestia roupas caras e segurava uma espada pronta para o ataque.

— Eu estava passando e vi o ladrão ameaçando você — explicou. — Corri até aqui para salvá-la, mas... acho que você não precisa mais ser salva.

A jovem sorriu.

Os guardas que acompanhavam o rapaz — na verdade, o príncipe daquela ilha — apareceram segundos depois. Estranharam ver o ladrão implorar para que eles o protegessem.

— Prendam-no no calabouço — ordenou o príncipe, para alívio do ladrão. — Quanto a você, moça, não posso deixá-la sozinha com tantos perigos à nossa volta. Venha comigo.

* * *

Obrigada a deixar os irmãos, a jovem foi conduzida ao castelo do príncipe, onde recebeu tratamento de princesa. O problema foi o pai dele, um rei esnobe que não gostou nem um pouco da hóspede.

— Ela parece uma mendiga! — criticou.

Ao perceber que a hóspede devia ser muda, o rapaz deu-lhe atenção triplicada. Chamou ainda o melhor médico do reino para cuidar de suas mãos feridas.

Sem paciência para aquele exagero de cuidados, a jovem vivia plantada junto à janela de seu novo quarto, torcendo para que os irmãos a avistassem durante um dos voos.

Ocorreu exatamente isso quase uma semana mais tarde. Um deles a encontrou, avisou os outros e depressa trouxeram-lhe as folhas de urtiga e as poucas túnicas já prontas.

Ainda faltam seis delas..., pensou a jovem, angustiada.

* * *

O príncipe não entendeu nada quando foi visitá-la e a viu sentada na cama com estranhas túnicas vermelhas ao seu redor, costurando mais peças com o monte de folhas da mesma planta à sua disposição. O contato com tal material abria seus ferimentos antigos e fazia-lhe novos.

— Por que você costura essas porcarias? — perguntou o rapaz.

A jovem não respondeu. Sem interromper o trabalho, lançou-lhe um olhar rápido, como se informasse que ele estava atrapalhando.

— Ahn... Tudo bem. Volto depois.

Mais tarde, quando reapareceu no quarto, foi novamente expulso pelo mesmo olhar. O fato passou a se repetir toda vez que resolvia visitá-la, o que deixava o príncipe cada vez mais contrariado.

— Você quer que eu chame alguma costureira do reino para ajudá-la? — ofereceu numa das visitas. As mãos da jovem não paravam de sangrar.

Ela balançou negativamente a cabeça. Ele bufou.

Saiu pisando duro, xingando-a em voz baixa. Ela nem sequer reparou que ele lhe levara flores.

* * *

Ao conhecer a situação, o rei odiou vê-lo humilhado daquela maneira.

A oportunidade perfeita para se livrar da hóspede não demorou a surgir. Um dos guardas, ansioso para receber uma promoção, veio lhe contar o que devia ser um assombroso segredo:

— Vossa Majestade, a hóspede é uma feiticeira. E posso provar o que digo!

* * *

Faltavam folhas para tecer a última túnica. A jovem respirou fundo, de olho na janela aberta. Confirmou que ainda faltavam algumas horas para o amanhecer.

Não era a primeira vez que saía do quarto às escondidas atrás de mais urtiga. Fizera isso em duas ocasiões diferentes, sempre de madrugada. Fora mesmo uma bênção encontrá-las no cemitério próximo ao castelo, pois os penhascos ficavam a dois dias de viagem.

Junto a um dos túmulos, pegou uma boa quantidade de folhas e já se preparava para ir embora quando descobriu que a observavam.

— Eu não falei que a sua hóspede é uma feiticeira? — disse o rei para o filho.

* * *

Ou seja, a jovem não saíra tão às escondidas quanto imaginava. Um guarda a seguira, tirara as próprias conclusões e ainda armara com o rei para pegá-la em flagrante.

O rei, aliás, foi inflexível. O filho estava sofrendo porque a suposta feiticeira o encantara. E a única forma de quebrar o feitiço, na sua opinião, era jogá-la na fogueira.

Aprisionada numa das celas do calabouço e sem poder falar em defesa própria, a jovem só tinha uma coisa a fazer enquanto ainda estivesse viva: costurar a última túnica.

Depois pensaria em como reaver as outras dez, que tinham ficado em seu quarto.

* * *

Os irmãos, que todas as manhãs sobrevoavam o castelo para ver a irmã, não a encontraram acenando para eles da janela do quarto. Preocupados, voaram pelas redondezas à sua procura, despertando a curiosidade de quem olhava para cima.

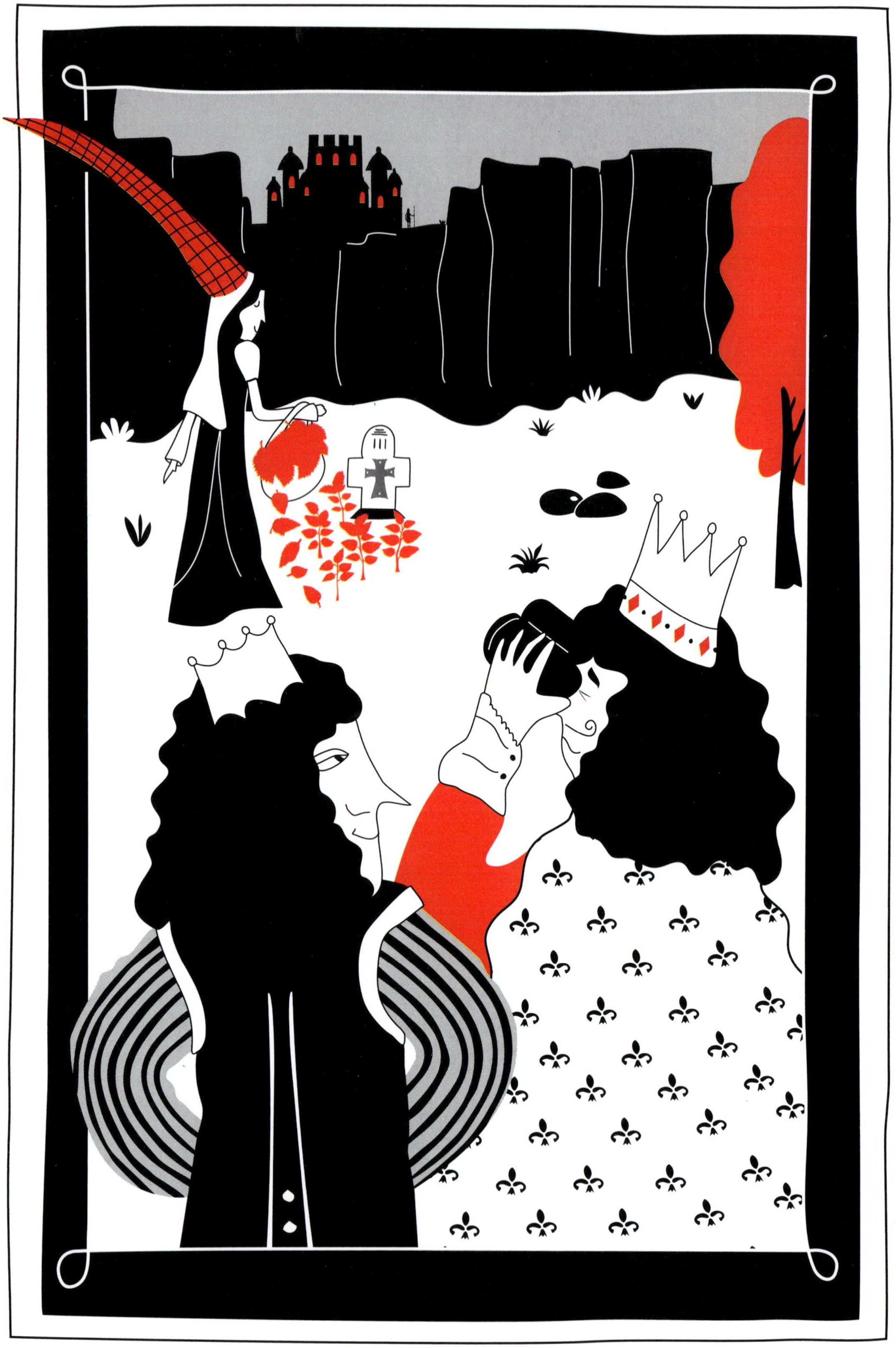

Por volta do meio-dia, em um vilarejo próximo ao castelo, descobriram por que a irmã sumira. Avistaram-na numa carroça, sendo levada por um carrasco até uma praça. Uma enorme fogueira tinha sido armada ali para queimá-la como feiticeira.

Num palco improvisado, o rei e o filho assistiriam à execução. Já o povo, pendurado nas janelas das casas e espremendo-se na praça, não pretendia perder nenhum detalhe do espetáculo.

O cisne mais velho não teve dúvidas. Mandou os trigêmeos e os gêmeos buscarem as túnicas prontas e, seguido pelos demais cisnes, foi liderar o ataque contra o carrasco e qualquer um que tentasse machucar a sua irmã.

* * *

Após conseguir um manto como o seu último pedido antes da morte, a jovem cobriu-se e, com as mãos escondidas sob o tecido, fez o impossível para prosseguir em segredo com a costura. Faltavam menos de cinco metros para que a carroça parasse diante da fogueira.

De repente, seis cisnes vieram com tudo para atacar o carrasco, obrigando-o a parar a carroça e fugir.

— De onde vieram esses bichos? — perguntou-se o príncipe.

— São aves do mal! — deduziu o rei. — Guardas, torçam o pescoço delas!

Mas nenhum guarda pôde se aproximar da carroça, sob o risco de receber bicadas ferozes.

— Arqueiros, disparem suas flechas! — gritou o rei.

— Não, esperem! — mandou o filho.

Cinco cisnes acabavam de se unir aos outros. Traziam nos bicos as túnicas vermelhas, que largaram aos pés da jovem. Ela se levantou abruptamente, tirou o manto e exibiu, triunfante, a décima primeira túnica.

A multidão ficou perplexa diante da cena. Os onze cisnes formaram um círculo ao redor da jovem e cada um deles vestiu uma túnica. No mesmo segundo, a transformação teve início.

Todos os onze voltaram a ser gente: um rapaz de dezessete anos, outro de quinze, mais um de catorze, um adolescente de doze, os trigêmeos de dez, um menino de oito, os gêmeos de sete e o caçula de cinco.

Como a jovem ainda corria perigo, nenhum irmão comemorou a quebra do feitiço. Voltaram-se para o príncipe, a quem ela se dirigiu:

— Não sou uma feiticeira, mas foi uma de verdade que enfeitiçou os meus irmãos. A única forma de salvá-los era costurar uma túnica de urtiga vermelha para cada um. Se eu falasse enquanto elas não estivessem prontas, eles morreriam.

Novamente de queixo caído, o príncipe nada disse.

Vendo que nem ele nem o pai se resolviam a absolvê-la, a jovem desceu da carroça e chamou os irmãos para partirem.

— Espere! — o príncipe a deteve. Corria em sua direção. — Não vá!

Ao alcançá-la, ele fez o convite:

— Continue sendo minha hóspede. Nem pudemos conversar...

Ela avaliou o rapaz à sua frente, depois o rei esnobe e a multidão muito atenta ao redor.

Se gostasse mesmo da jovem, o príncipe a teria defendido da acusação.

— Não, obrigada — dispensou. Se um dia resolvesse namorar, seria com alguém que respeitasse suas decisões. — Meus irmãos e eu já estamos de partida. Adeus!

E foram embora sem sequer olhar para trás.

***

Acostumado a ter tudo o que desejava e a usufruir de seus privilégios como príncipe, o rapaz não aceitou ser rejeitado. Pela primeira vez desobedeceu ao pai, que como castigo lhe cortou a mesada, e seguiu no encalço da jovem, insistindo em conquistá-la.

Não demorou a ganhar o apelido de Urtiga, pois os irmãos dela o consideravam, no mínimo, irritante. Mas de irritante o príncipe passou a assustador. Cada vez mais contrariado, ele fez ameaças contra a jovem e, num acesso de fúria, quis bater nela quando o Pequeno Polegar a convidou para um passeio.

Graças aos irmãos mais velhos, a jovem não se feriu. Já o príncipe precisou fugir para não ser preso pela investigadora Branca de Neve, que acompanhava aquele caso de perto.

Sem dinheiro, ele não foi muito longe. Acabou entrando disfarçado no baile dos Carabás, sonhando em obter o colar da marquesa.

Se entregasse um presente tão valioso à jovem, apostava, finalmente ele a teria para si.

CENTRAL DE INTELIGÊNCIA REAL
SECRETARIA REAL DE POLÍCIA CIVIL

Controle int.: 354201-50321/14   Procedimento: 210-11016/4

DEPOIMENTO DAS TESTEMUNHAS

"Minha irmã e eu chegamos bem cedo ao palácio, acho que fomos os primeiros. Vimos a marquesa ir ao quarto dela, junto com as criadas, para trocar de vestido e se preparar para o baile. Nisso reparamos que uma das criadas não era uma mulher e sim o príncipe Urtiga disfarçado de criada! Era um disfarce tão ruim, mas tão ruim, que nem sei como conseguiu enganar tanta gente. Por que não avisei algum guarda? Mas nós avisamos! Fomos ignorados porque a gente é criança. Será que ninguém lembra que, mesmo sendo crianças, minha irmã e eu vencemos aquela bruxa da casa feita de doces? Você conhece a nossa história, não? É, essa mesma!"

João
João, 10 anos

"E olha que não foi uma bruxa qualquer. Nós vencemos uma das mais perigosas, do tipo que gosta de transformar criança em almoço e jantar! E vencemos porque criança também pode fazer a diferença! Como o meu irmão falou, nós contamos ao guarda que vimos o príncipe Urtiga, mas ele não acreditou. Falamos até com o chefe dele! Ninguém nos levou a sério. Depois os adultos reclamam que criança não ajuda em nada, que só quer saber de brincar."

MARIA
Maria, 10 anos

Branca de Neve
INVESTIGADORA RESPONSÁVEL

DELEGACIA DE POLÍCIA DE CARABÁS
SECRETARIA REAL DE POLÍCIA CIVIL

Controle int.: 354201-50321/14   Procedimento: 210-11016/4

INTERROGATÓRIO

Branca: Você roubou o colar da marquesa?

Urtiga: Roubei para dar de presente a uma certa jovem.

Branca: A única coisa que essa jovem deseja é que você a deixe em paz.

Urtiga: Duvido. Ela vai ficar é comigo!

Branca: A decisão é dela e não sua.

Urtiga: Você quer ou não saber como eu roubei o colar?

Branca: Como foi que você o roubou?

Urtiga: Eu me disfarcei de criada... Aliás, foi um disfarce incrível. Ninguém desconfiou! Segui a marquesa e as criadas até o quarto. Quando elas foram para o closet, fiquei para trás. Achei a chave do cofre, abri, de lá tirei o colar e fui embora. Simples assim.

Branca: E onde você encontrou a chave?

Urtiga: Estava escondida em um vaso.

Branca: Havia outras joias guardadas no cofre?

Urtiga: Sim, mas nenhuma tão valiosa quanto o colar.

Branca: Onde você o escondeu?

Urtiga: Eu me recuso a responder. Já perdi tempo demais com essa conversinha tosca. Estou indo embora.

Branca: Aonde pensa que vai? Você está preso!

Urtiga: Preso?! Eu sou um príncipe! E ordeno que você me liberte agora mesmo!

Branca: Não aceitamos ordens suas.

Urtiga: Exijo que você chame agora mesmo o meu pai! Ele vai te mostrar quem é que manda!

Branca: Aqui o seu pai não manda nada.

Urtiga: Guardas, prendam essa investigadora abusada! Quem ela pensa que é, hein?

A um sinal de Branca de Neve, os guardas levam o príncipe Urtiga de volta à cela.

Branca de Neve
INVESTIGADORA RESPONSÁVEL

DELEGACIA DE POLÍCIA DE CARABÁS
SECRETARIA REAL DE POLÍCIA CIVIL

Controle int.: 354201-50321/14   Procedimento: 210-11016/4

PROVA

Palácio dos Carabás

Nome: Urtiga
Função: Criada

CRACHÁ FALSO UTILIZADO PELO SUSPEITO PARA CIRCULAR LIVREMENTE PELO PALÁCIO DOS CARABÁS

QUINTA PASTA

PASTA 5

NÚMERO DO ARQUIVO	nr.1029860
DEPARTAMENTO	F-55217-3(1)
ID	Z5230

Polícia Do Reino De Carabás
Central de Inteligência Real
REGISTRO CRIMINAL

SUSPEITAS   AS IRMÃS INVEJOSAS

IDADE   33 ANOS (A IRMÃ MAIS VELHA) E 31 ANOS (A IRMÃ DO MEIO).

GÊNERO   FEMININO

IMPRESSÕES DIGITAIS

IRMÃ MAIS VELHA

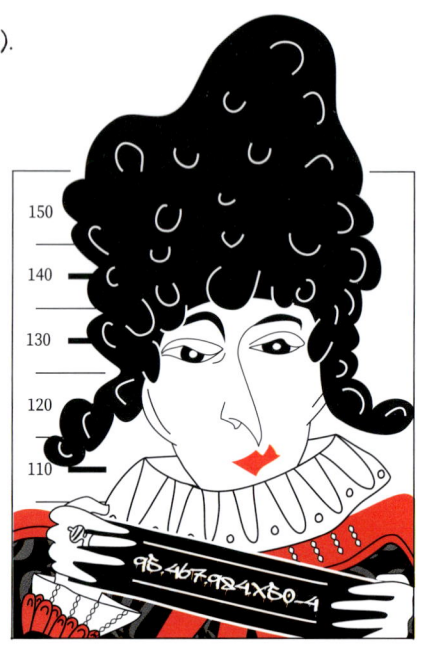

IRMÃ DO MEIO

CARACTERÍSTICA MARCANTE: inveja assassina.

MODUS OPERANDI: as duas enganam as vítimas e, de modo traiçoeiro, obtêm poder e riquezas.

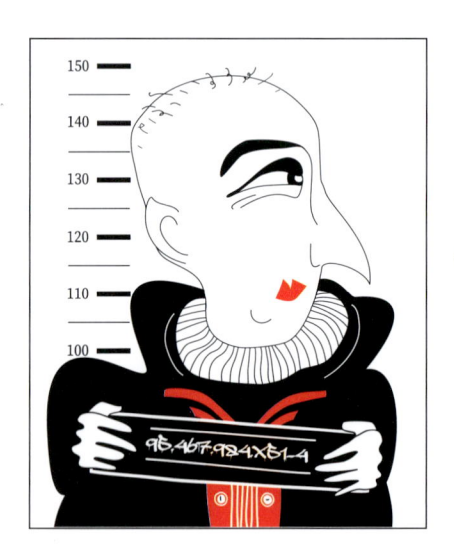

INFORMAÇÕES DE PRISÃO E SENTENÇA   **CAPTURADAS**

ANTECEDENTES

Três jovens irmãs estavam na varanda trabalhando em seus bordados quando um rapaz alto, forte e bonitão passou a cavalo em frente à casa. Ao vê-las, ele diminuiu a velocidade da montaria e cumprimentou-as com um aceno de cabeça.

— Ele é lindo... — suspirou a irmã mais velha. — Se eu me casasse com ele, iria querer todas as suas terras.

Como elas bem sabiam, o rapaz era um duque e dono de terras a perder de vista.

— Sim, ele é lindo... — derreteu-se a irmã do meio. — Se eu me casasse com ele, iria querer todo o seu dinheiro.

Como elas também sabiam, o duque tinha muitas riquezas.

— Ele é mesmo lindo... — apaixonou-se a irmã caçula. — Se eu me casasse com ele, iria lhe dar o meu coração.

Solteiro, o duque queria muito se casar. Além disso, não conseguia tirar os olhos da caçula. Sentia como se a amasse havia anos!

No dia seguinte, lá estava ele atrás da moça, convidando-a para uma caminhada. Foi o primeiro de muitos passeios juntos e também a confirmação de que o amor entre os dois prometia ser sólido e duradouro.

Dali para o pedido de casamento com um buquê de flores e um anel de ouro foi um passo. O coração da jovem desmanchou-se de tanta alegria, enquanto as outras duas irmãs se enchiam de inveja.

* * *

Meses após o casamento, a moça caçula engravidou, aumentando a felicidade do casal. As irmãs, invejosas como elas só, correram ao palácio do duque para "cuidar" da querida duquesa. E tão amorosas e dedicadas foram que ela convenceu o marido a nomeá-las tutoras dos futuros herdeiros, apenas para o caso de algo ruim acontecer ao casal.

Os meses da gestação voaram e, no dia do parto, as invejosas deram um jeito de mandar embora a parteira e as criadas para ficarem a sós com a duquesa em seu aposento. Fingindo-se solícitas, ajudaram-na a dar à luz a três menininhos idênticos.

O duque ficaria exultante e a esposa seria ainda mais amada por ele.

Mas as invejosas não deixaram por menos. Trancaram a duquesa em seu aposento, colocaram os bebês numa caixa de madeira, lançaram-na ao rio e foram ao grande salão, onde o duque aguardava notícias sobre o parto.

A seus pés, elas deixaram três animais: um sapo, um rato e uma cobra.

— Estes são os três bebês que a sua esposa trouxe ao mundo — apresentou a irmã mais velha.

— Sim, foram eles que nasceram — endossou a irmã do meio.

Não, impossível!

— Deve ser algum mal-entendido — desconfiou o duque. — Vou agora mesmo falar com ela!

As invejosas já previam tal reação. E nesse ponto dariam o último nó ao plano.

O duque mal deu alguns passos e uma dor horrível dominou o seu peito. Quando desabou no chão, parecia morto.

As irmãs entreolharam-se, satisfeitas.

O veneno que tinham misturado ao chá do duque, tomado na véspera, enfim surtia efeito.

* * *

Ao assumirem seu papel de tutoras, as invejosas mandaram uma criada cuidar dos supostos filhos do casal — o sapo, o rato e a cobra. Na sequência, elas se apossaram das terras e das riquezas do duque, ganhando inclusive o poder de mandar e desmandar no povo que vivia no ducado. Por isso mesmo puderam acusar a duquesa de enganar o marido e matá-lo de desgosto.

E não demoraram a lhe dar uma pesada punição.

* * *

Devidamente enterrado no cemitério, o duque acordou em seu caixão. Por sorte, não bebera todo o chá envenenado, o que lhe salvara a vida.

A muito custo, reunindo todas as suas forças, ele conseguiu abrir a tampa e se livrar dos sete palmos de terra. Mas, culpa do veneno, não lembrava mais quem era, nem que tinha esposa e filhos.

Achando que nada o prendia àquele ducado, ele passou a vagar pelo mundo. E, sem perceber, dava início a uma longa jornada.

* * *

Ao descobrir aberto o túmulo do duque, o coveiro achou mais prudente não alertar as invejosas. Discretamente fechou a tampa do caixão, voltou a cobrir tudo com terra e, sem mais o que fazer ali, rumou para casa.

Em seu caminho, ele costumava passar por um rio. E foi justo naquele dia que reparou numa caixa de madeira, presa em um trecho de aguapé.

Intrigado, ele entrou na água e foi buscá-la. De volta à margem, ao retirar a tampa deu com os três bebês dormindo numa tranquilidade impressionante.

— Só podem ser os trigêmeos do duque! — deduziu.

Por obra do destino, mais uma vez o futuro daquela família estava em suas mãos.

Apesar do medo de ser descoberto pelas invejosas, o coveiro levou os meninos para casa. Tanto ele quanto a esposa não poderiam abandoná-los à própria sorte.

* * *

Por anos o duque vagou em busca de suas memórias perdidas.

Um dia, uma fada teve pena de sua situação e aconselhou-o a ir até a Casa do Sol.

— Se tem alguém que tudo sabe é aquele enxerido! — ela justificou.

E a única maneira de encontrar a tal residência era seguir para leste gastando três pares de sapatos de ferro. Doloroso, é verdade. Mas, segundo garantiu, infalível.

Sem aguentar mais se sentir tão vazio, o duque resolveu aceitar o desafio. Ainda mais que, volta e meia, seu coração lhe soprava que alguém muito importante para ele estava em perigo.

Precisava descobrir o que tinha lhe acontecido.

* * *

Após comprar de um ferreiro os três pares de sapato, o duque calçou o primeiro e foi para leste. Claro que seus pés ficaram em frangalhos, que conviver com tanta dor era torturante. Porém a tudo ele foi vencendo, a vontade de sobreviver superando tamanho sacrifício.

Numa tarde, ele atravessou um rio que, querendo puxar conversa, quis saber para onde ia o duque.

— Procuro a Casa do Sol — disse ele. — Você sabe onde fica?

— Saber eu não sei — respondeu o rio. — Mas, se encontrá-lo, pergunte a ele por que deixei de ter peixes, mesmo sendo eu tão cheio de curvas.

O duque concordou e seguiu sua jornada.

Havia gastado o primeiro par de sapatos de ferro.

* * *

Em outra ocasião, foi a vez de uma árvore puxar conversa, querendo saber para onde ia o duque.

— Procuro a Casa do Sol — disse ele. — Você sabe onde fica?

— Saber eu não sei — respondeu a árvore. — Mas, se encontrá-lo, pergunte a ele por que não tenho frutos, mesmo sendo eu tão cheia de galhos.

O duque fez que sim e continuou a viagem.

Havia gastado o segundo par de sapatos de ferro.

* * *

Tempos depois, ele conheceu uma flor, que também quis puxar conversa e saber para onde ia o duque.

— Procuro a Casa do Sol — disse ele. — Você sabe onde fica?

— Saber eu não sei — respondeu a flor. — Mas, se encontrá-lo, pergunte a ele por que não tenho aroma, mesmo sendo eu tão cheia de pétalas.

O duque assentiu e foi em frente.

Havia gastado o terceiro e último par de sapatos de ferro.

* * *

Por essa mesma época, ele avistou uma choupana e até lá foi para pedir água e um prato de comida.

— Seja bem-vindo à Casa do Sol! — saudou a simpática criada que o recebeu.

— A-aqui é a casa dele?!

— É, sim!

Quase engolindo as palavras de tanta pressa, o duque contou-lhe o que buscava.

— Sinto que uma tragédia se abateu sobre a minha família — ele lhe confessou. — Mas o que posso fazer se não lembro nem quem sou?

Deve ser mesmo horrível, apiedou-se a criada.

— Vou escondê-lo para que tudo possa ouvir, está bem? — ela tramou, indicando-lhe um baú.

* * *

    À noite, já dentro do baú, o duque ouviu uma voz masculina. Pertencia ao Sol, que aparecia em casa após mais um dia de trabalho.
    — Criada, estou faminto! — avisou ele.
    — O jantar já está pronto! — disse ela.
    O duque apurou os ouvidos.
    Assim que o Sol se acomodou à mesa, a criada foi servi-lo.
    — Meu senhor... — disse ela, hesitante. — Por que uma flor tão cheia de pétalas não tem aroma?
    — Porque é uma ingrata! Fica sempre de costas quando eu estou nascendo no horizonte. Se prestasse atenção ao quanto eu a ilumino, seria a mais perfumada das flores.
    Houve um longo silêncio antes da questão seguinte.
    — Meu senhor... — disse a criada, cautelosa. — Por que uma árvore tão cheia de galhos não tem frutos?
    — Porque é uma tola! Fica sempre olhando para os outros quando deveria olhar para si mesma. Se prestasse atenção às próprias raízes, veria o tesouro que ali esconderam.
    Mais silêncio, e dessa vez ele durou menos.
    — Meu senhor... — disse a criada, confiante. — Por que um rio tão cheio de curvas não tem mais peixes?
    — Porque é um idiota! Fica sempre olhando para cima quando deveria olhar para baixo. Se prestasse atenção à profundeza de suas águas, impediria que ali uma ogra construísse o seu castelo.
    — Que interessante... — disse a criada. E emendou a última pergunta sem fazer nenhuma pausa. — Por que um homem despertaria em um caixão sem saber quem é?
    — Porque o veneno que deveria matá-lo só lhe roubou as memórias.
    — E quem é esse homem, no final das contas?
    — Um duque que foi enganado por duas cunhadas invejosas.
    — E por que elas o envenenaram?
    — Para lhe roubar terras e riquezas.
    — Que vilãs terríveis!
    — Elas fizeram pior com a esposa e os filhos dele.
    — É mesmo? O que houve?
    — Por que tantas perguntas hoje, hein, criada?
    — Não é nada, meu senhor. É que outro dia ofereci água para um viajante, que me falou dessas histórias. E como fico aqui tão sozinha o dia inteiro, passei horas pensando sobre elas.

— Sei.

Novamente se fez silêncio. Sem paciência para mais conversas, o Sol quis se recolher ao seu quarto.

— E como o duque pode salvar a família dele? — a criada arriscou uma última pergunta.

O Sol fez uma careta, mal-humorado. Nem ia responder, mas acabou mudando de ideia.

— Somente o amor verdadeiro pode lhe salvar a família — revelou.

E foi dormir. Tão cedo a criada não lhe arrancaria mais explicações.

No instante seguinte, ela erguia a tampa do baú.

— Você já tem suas respostas — disse ao duque. — Agora vá!

* * *

Descobrir quem era não trouxe de volta as memórias do duque. Primeiro, ele experimentou revolta pelo ocorrido, depois ódio pelas invejosas e, por fim, preocupação pela esposa e pelos filhos de quem sequer se lembrava.

Somente o amor verdadeiro pode salvá-los... Mas de que modo?, perguntava-se enquanto fazia o trajeto de volta ao ducado.

Ao reencontrar a flor, explicou-lhe que não deveria mais desrespeitar o Sol. Então, na primeira oportunidade, a flor ficou de frente para ele, prestando atenção ao quanto era iluminada. De súbito tornou-se a mais perfumada entre as flores.

Mais para a frente, o duque reencontrou a árvore. Usando uma pá, escavou entre as raízes, achou o tesouro e, como ele não pertencia a mais ninguém, resolveu guardá-lo para si. De imediato frutos brotaram dos galhos.

Adiante, reencontrou o rio e deu-lhe a resposta do Sol.

— Uma ogra construiu um castelo na profundeza das minhas águas e eu nem reparei? — estranhou o rio.

— Foi o que o Sol falou.

— E como eu resolvo isso?

— Nem imagino.

— Ah, humano, por favor! Encontre para mim uma solução!

Talvez o melhor fosse convencer a ogra a se mudar dali. Mas como faria isso?

— Vou tentar — disse ao rio.

* * *

Como o Sol tinha contado, no fundo do rio havia mesmo um castelo. E, muito infeliz, nele morava a ogra.

Ao ver o humano, ela foi logo convidando-o a entrar para uma xícara de chá. Raramente recebia visitas.

No salão, acomodaram-se à mesa. Diplomático, o duque explicou-lhe a situação do rio sem peixes.

— Não moro aqui porque eu quero — disse a ogra, desgostosa. — Se pudesse, eu voltaria para o Castelo das Pedras Negras.

Muito bem localizado numa montanha, espaçoso, confortável, com garagem para dez carruagens e vista panorâmica para o mar, o Castelo das Pedras Negras tinha sido residência da ogra desde a infância. Cedo ela perdera os pais, não quisera se casar, passara por alguns problemas de saúde. Mas, desde que morasse no Castelo das Pedras Negras, sentia-se segura para enfrentar todos os obstáculos.

— Vivi sossegada no meu lar até que um gigante malvado o tirou de mim — ela explicou.

— Você não lutou pelo seu castelo?

— Lutei e muito, mas perdi feio.

Nesse momento da conversa, uma escrava veio até eles para lhes servir o prometido chá. Ao reparar no duque, ela levou um choque. Soltou a bandeja. Xícaras, pires e bule espatifaram-se no chão.

— Você não morreu... — murmurou a escrava, imensamente feliz.

— Nós nos conhecemos? — ele quis confirmar.

Ela estranhou a pergunta, a recepção fria que recebia.

— Você é o duque... e eu sou a sua esposa!

Aturdido, o homem demorou a se manifestar.

— Perdi todas as minhas memórias ao despertar em um caixão — disse, após longos segundos.

A ogra, que não perdia nenhum detalhe, gentilmente puxou a escrava para que também se sentasse à mesa.

— Vamos, duquesa, conte tudo do começo! — incentivou.

* * *

Para o duque, foi como ouvir a história de outra pessoa, mesmo sendo a sua própria. Ao final da narrativa, sentia o coração doer com uma dor que parecia não lhe pertencer.

— Minhas irmãs me acusaram de enganar você e de matá-lo de desgosto — dizia a duquesa. — Para me punir, elas me venderam como escrava para a ogra.

Pensando no tesouro que desenterrara, o duque propôs um valor bem alto para lhe comprar a liberdade.

— Dinheiro não é problema para mim — a ogra descartou a oferta. — O que desejo mesmo é o meu Castelo das Pedras Negras.

— E se eu o recuperar para você? — ele se ofereceu.

Os olhos da ogra brilharam de ansiedade.

— Liberto a duquesa e ainda me mudo daqui para que o rio volte a ter peixes! — ela fez a promessa.

* * *

Por anos o coveiro e a esposa conseguiram manter os trigêmeos em segurança. Tinham se mudado para o campo, longe demais de qualquer vizinho.

Conforme os meninos cresciam, porém, o isolamento em excesso passou a lhes atiçar a curiosidade. Numa manhã qualquer, eles cismaram que iriam ao principal vilarejo do ducado, onde ficava o palácio das invejosas, e assim fizeram.

Quando os pais adotivos descobriram a fuga, nada mais poderia detê-los.

* * *

Acostumados ao modo de vida campestre, os meninos ficaram fascinados com a vida movimentada do vilarejo principal. Havia muitas pessoas circulando nas ruas pavimentadas por pedras, construções de vários tipos e tamanhos, residências das mais pobres às mais ricas, um amplo mercado a céu aberto e lojas que se espalhavam pelas redondezas.

— Falta conhecer o palácio — propôs o primeiro gêmeo, o mais curioso dos três.

Apontava para as altas e imponentes torres em destaque no horizonte de telhados cobertos por colmo.

— Nossos pais sempre falam que é um lugar a se evitar — lembrou o segundo gêmeo, o mais prudente dos irmãos.

— Pois eu não tenho medo de nada! — disse o terceiro gêmeo, o mais audacioso entre eles.

E correram atrás do perigo.

* * *

A presença de três meninos idênticos e tão parecidos com o duque, passeando pelos corredores do palácio, despertou o interesse das invejosas. Rapidamente elas foram ao encontro deles.

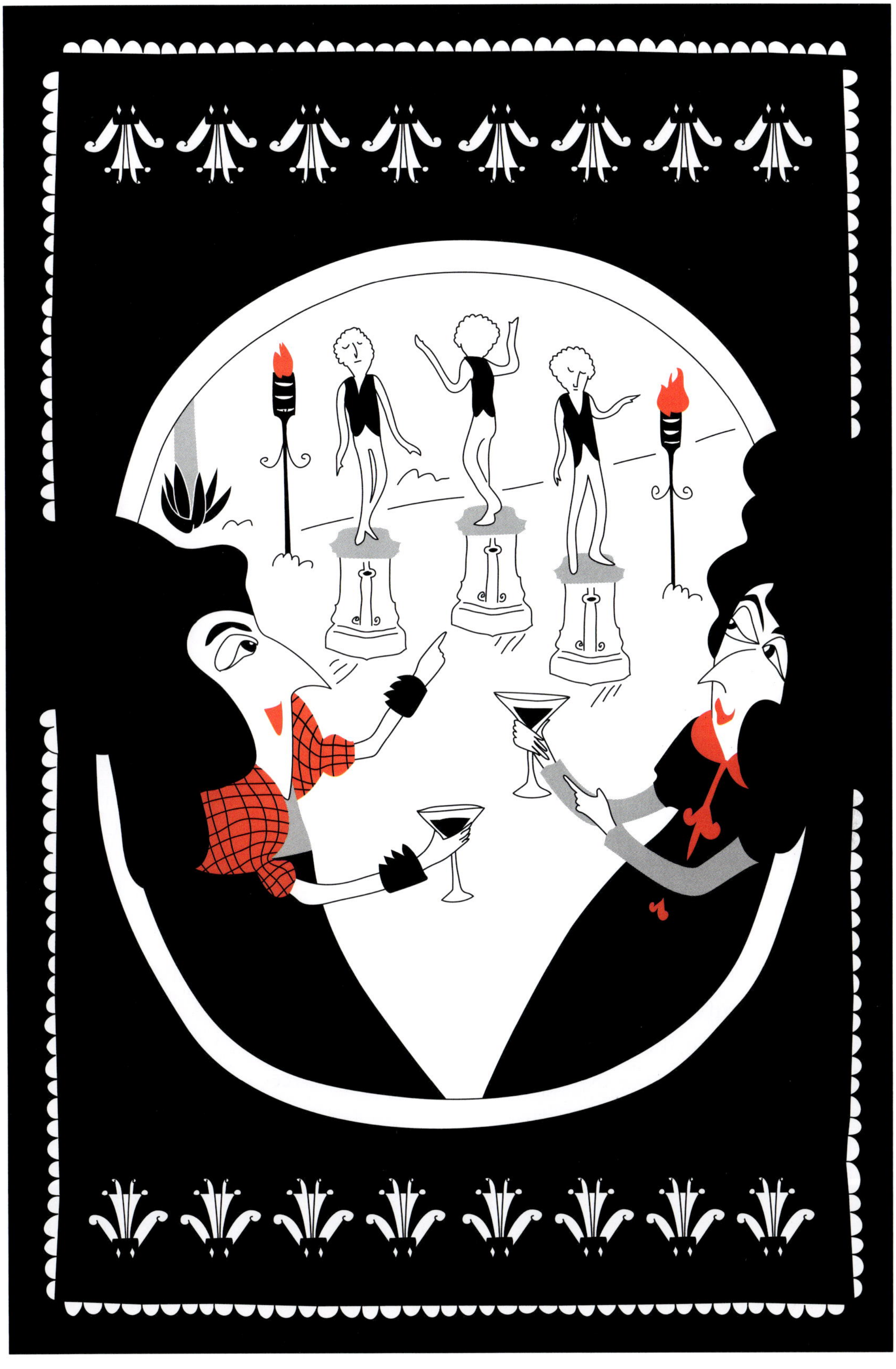

— Vocês estão com sede? — perguntou-lhes a irmã mais velha.
— Muita! — disseram os meninos.
— Venham conosco... — convidou a irmã do meio.

Para meninos que tinham andado o dia inteiro, soou como uma proposta irrecusável. Acompanharam as invejosas até o jardim e ali provaram o que parecia um refrescante suco de uvas.

No mesmo instante, foram transformados em estátuas de pedra.

— E não é que os trigêmeos combinam com as plantas do jardim? — zombou a irmã mais velha.

— Ficaram perfeitos! — admirou a irmã do meio.

Já tinham a decoração ideal para o baile ao ar livre que promoveriam em breve.

* * *

Enquanto isso ocorria com os meninos, o duque estava a caminho do Castelo das Pedras Negras, por sorte não muito distante do rio.

Em algum ponto do trajeto, ele encontrou um leão, uma águia e uma formiga, que brigavam por uma ovelha morta.

— Ei, humano! — chamou o leão.
— É, você mesmo! — confirmou a águia.
— Sim, venha aqui! — pediu a formiga.

Conforme lhe explicaram, juntos tinham caçado a ovelha e agora não tinham ideia de como dividi-la.

— E vocês querem uma sugestão minha — entendeu o duque.
— Isso mesmo! — disseram os animais.

O humano coçou a cabeça, pensativo. E, diplomático como era, deu uma solução que agradaria aos três:

— A formiga pode ficar com a cabeça da ovelha, que depois lhe será útil como casa. Já a águia pode comer as tripas, que são moles. E o leão, que tudo devora, fica com todo o restante.

A sugestão foi aprovada por unanimidade. E tão felizes os animais ficaram que fizeram questão de agradecer ao humano.

— Leve um pelo meu — disse o leão. — E você se transformará em leão quando mais precisar.

— Também leve uma pena minha — contribuiu a águia. — Você se transformará em águia quando mais precisar.

— Pois leve ainda uma perna minha — resolveu a formiga. — Assim você poderá se transformar em formiga quando mais precisar.

Após descobrir tanta tristeza em seu passado, receber aqueles presentes dava forças ao duque para acreditar na esperança.

— Lembre-se: você só poderá usar o meu pelo apenas uma vez — avisou o leão.

— O mesmo vale para a minha pena — disse a águia.

— Idem para a minha perna — completou a formiga.

Ou seja, se quisesse vencer o tal gigante malvado, precisaria utilizá-los com sabedoria.

* * *

O Castelo das Pedras Negras tinha mais uma qualidade: era seguro até demais! Sua muralha, construída pelo próprio gigante, mostrou-se impenetrável.

Com o tesouro que desenterrara, o duque convocou um exército, que deixou de prontidão do lado de fora.

Chegava a vez de utilizar um dos presentes.

* * *

Com a pena, o duque transformou-se numa águia e foi sobrevoar o castelo. Depressa achou onde pousar, voltou a ser gente e correu para abrir o imenso portão ao seu exército.

O gigante, desconfiado como era, ficou de olho naquela águia. Ao perceber o que aconteceu e, ainda mais depressa do que o duque, barrou-lhe a passagem antes que ele alcançasse o portão.

— É agora que você morre, invasor! — berrou o gigante, erguendo a mão para esmagá-lo.

Com outro dos presentes, o duque virou uma formiga e tão pequeno ficou que escapuliu da vigilância perspicaz do adversário.

— Ei, cadê você, invasor?

Enquanto o gigante perdia tempo tentando achá-lo, o duque chegou ao portão, retomou a aparência humana e rapidamente permitiu que seu exército entrasse no castelo.

Obviamente o gigante tratou de se defender. E o duque, que por último virou leão, tratou de atacá-lo.

Foi uma longa batalha, daquelas que levam horas. Por fim, o gigante foi derrotado e expulso do Castelo das Pedras Negras.

Para nunca mais retornar.

* * *

De volta ao rio, o duque libertou sua esposa, a ogra desfez o castelo submerso e feliz da vida foi para casa. O rio, por sua vez, finalmente recuperou seus peixes.

Era a hora de lidar com as invejosas.

* * *

Naquela mesma época, as invejosas realizavam o baile no jardim do palácio. Os supostos filhos do duque — o sapo, o rato e a cobra — nem existiam mais, porém isso não impedia as duas de comemorarem outro ano como suas tutoras.

Amplo e magnífico, o jardim recebeu tochas para iluminar a noite, uma pista de dança, um grupo de músicos afinados e mesas abarrotadas de doces, salgados e bebidas.

Para os convidados, não havia o que festejar. As irmãs exploravam o povo ao máximo com impostos altíssimos e, como péssimas administradoras, conduziam o ducado à falência. Qualquer oposição era presa e torturada no calabouço cada vez mais lotado do palácio.

Na hora do brinde, as invejosas fizeram questão de se colocar junto às estátuas dos trigêmeos, símbolo de seu triunfo sobre a caçula que invejavam, o duque que aprenderam a odiar e dos meninos que desprezavam.

— Ergam suas taças! — ordenou a irmã mais velha, após mandar que todos os convidados se reunissem ao seu redor.

— E brindem a nós! — acrescentou a irmã do meio.

— Não! — uma voz interrompeu.

Todos os olhares centraram-se na figura que entrava no jardim acompanhada pelo marido.

A duquesa.

* * *

— Como ousa? — enfureceu-se a irmã mais velha.

— Prendam-na! — berrou a irmã do meio.

O guardas não puderam cumprir a ordem. Naquele minuto, o jardim era tomado pelo exército a serviço do duque.

Ao notar as estátuas das três crianças tão parecidas com o pai, a duquesa deduziu o restante.

— Afastem-se dos meus filhos! — exigiu, avançando contra as irmãs.

Em tremenda desvantagem, as duas tiveram que retroceder.

Terminaram encarceradas no calabouço, substituindo os inocentes que ali tanto tinham sofrido.

***

Diante dos filhos transformados em pedra, os pais sentiram-se impotentes. Não parecia existir nada capaz de desencantá-los.

Foi então que as palavras do Sol vieram à mente do duque. Se somente o amor verdadeiro seria capaz de salvar a sua família, dessa vez não haveria presentes mágicos nem sapatos de ferro a gastar.

No dia seguinte, lá estava ele atrás da esposa, convidando-a para uma caminhada no jardim, perto dos filhos. Foi o primeiro de muitos passeios juntos e também a confirmação de que o amor entre os dois poderia ser revivido, sólido e duradouro.

Dali para relembrar o pedido de casamento com um buquê de flores e um anel de ouro foi um passo. O coração da duquesa desmanchou-se de tanta alegria, enquanto o dele se enchia com a certeza de que a amava havia anos.

Quanto mais forte o amor renascia, mais fraca se tornava a transformação em pedra dos trigêmeos.

E tanto foi se desfazendo que, certo dia, os meninos retornaram à vida.

Como eles não conheciam os pais verdadeiros, um novo período de adaptação se fez necessário. O coveiro e a esposa foram chamados para ajudar, receberam recompensas por toda a sua bondade e acabaram entrando oficialmente para a família.

Mentira seria dizer que não houve dificuldades.

Mas nada que o amor verdadeiro, cultivado com carinho dia após dia, não acabasse resolvendo.

***

Quanto às invejosas... Cansadas de mofar no calabouço, elas subornaram um guarda e conseguiram fugir.

Como tramar contra os outros já se tornara um hábito, as duas logo planejaram um grande golpe: roubariam o valioso colar da marquesa de Carabás durante o mais importante baile dos contos de fadas.

CENTRAL DE INTELIGÊNCIA REAL
SECRETARIA REAL DE POLÍCIA CIVIL

Controle int.: 354201-60523/15   Procedimento: 210-12654/7

DEPOIMENTO DAS TESTEMUNHAS

"Logo que o meu noivo e eu chegamos ao baile, fui ao banheiro arrumar meus cabelos. É que eles sempre foram tão compridos, mas agora que cortei... Sei lá, não consigo me acostumar com fios tão curtos... Ah, o que houve no toalete? Então, eu tirei o pente da bolsa, ia me pentear e aí fui capturada pelas irmãs invejosas. Uma delas pôs o meu vestido para se passar por mim. A outra já estava com o vestido da Bela Adormecida, disfarçada como ela... Acredita que, no meio daquela situação tão tensa, a Adormecida cochilava num canto?"

Rapunzel
Rapunzel, 21 anos

"Meu quarto fica ao lado do quarto da minha esposa, a marquesa de Carabás. Eu tinha terminado de me arrumar para o baile quando ouvi os gritos dela pedindo socorro. Foi o tempo de sair e vê-la fugindo com a Bela, as duas perseguidas pelo Homem-Cachorro. Chamei meus guardas e corri para ajudá-las. Nesse momento, passei pela porta aberta do quarto da marquesa e vi as invejosas saindo detrás de uma cortina."

Marquês de Carabás, 28 anos

Marques de Carabás

Branca de Neve
INVESTIGADORA RESPONSÁVEL

DELEGACIA DE POLÍCIA DE CARABÁS
SECRETARIA REAL DE POLÍCIA CIVIL

Controle int.:354201-60523/15   Procedimento: 2210-12654/7

INTERROGATÓRIO

Branca: Vocês roubaram o colar da marquesa?
Invejosas: Sim!
Branca: Como foi que vocês o roubaram?
Irmã mais velha: Nós entramos no quarto logo depois que o Cruel e a Cruélia fugiram de lá.
Irmã do meio: É, logo depois mesmo.
Irmã mais velha: E pensar que aquele casal exibido não conseguiu abrir o cofre que nós duas abrimos com a maior facilidade! Não foi, maninha?
Irmã do meio: Foi, sim, maninha! Tão fácil!
Branca: E como vocês o abriram?
Irmã mais velha: Abrindo, ora!
Irmã do meio: Acha mesmo que vamos contar?
Branca: Havia outras joias guardadas no cofre?
Irmã mais velha: Sim.
Irmã do meio: Não.
Irmã mais velha: Talvez.
Irmã do meio: É, talvez.
Branca: Vocês fugiram pela porta ou pela janela?
Irmã mais velha: Pela porta.
Irmã do meio: Pela janela.
Irmã mais velha: Isso, foi pela janela.
Irmã do meio: É, pela porta.
Branca: Pela porta ou pela janela, afinal?
Irmã mais velha: Pela porta.
Irmã do meio: Pela janela.
Irmã mais velha: Ah, tanto faz.
Irmã do meio: Sim, tanto faz.
Branca: Onde vocês esconderam o colar?
Irmã mais velha: Descubra sozinha se você for capaz!
Irmã do meio: Duvido que consiga!

Branca de Neve
INVESTIGADORA RESPONSÁVEL

DELEGACIA DE POLÍCIA DE CARABÁS
SECRETARIA REAL DE POLÍCIA CIVIL

Controle int.: 354201-60523/15   Procedimento: 210-12654/7

PROVA

Encontrada pela investigadora Branca de Neve
no quarto da marquesa de Carabás

PERUCA DE UMA DAS INVEJOSAS, DEIXADA PARA TRÁS DURANTE A FUGA

A ANÁLISE

Depois de ler atentamente o conteúdo de cada pasta, o Gato de Botas gastou poucos minutos refletindo sobre o assunto. Ainda sentada à sua frente, Branca de Neve tomava mais uma xícara de chá.

— E então? — ela perguntou.

— É como se faltasse uma única peça para desvendar esse mistério.

— Também senti isso. Se encontrássemos o colar...

— Descobriríamos quem é o culpado. A joia não estava mesmo em lugar nenhum?

— Revistamos todo mundo na noite do baile, procuramos em cada canto do palácio... Só encontramos o estojo do colar. Estava vazio.

— E onde o encontraram?

— Num dos canteiros do jardim, abaixo da janela do quarto da marquesa.

— Ele foi jogado lá de cima?

— Possivelmente. Estava quebrado.

E se...?, pensou o Gato. Sim, só um malandro pode encontrar outro malandro.

— Marque a reconstituição do crime para daqui a uma semana — pediu. — Preciso de uns dias para analisar melhor esse caso.

Ela concordou. E despediu-se após lhe agradecer a ajuda, deixando o felino perdido em lembranças.

Saudoso, ele recordava o passado, a época em que ainda era um gato sem botas e seu velho amigo, o marquês de Carabás, não passava de um rapaz pobre, o filho caçula de um moleiro.

O PASSADO

Quando um moleiro faleceu, deixou o moinho para o filho mais velho, um burro para o filho do meio e um gato para o caçula, um rapaz que tinha saído da adolescência havia pouco tempo.

— Justo eu fiquei com um gato inútil? — queixou-se o rapaz.

Mas de inútil o gato nada tinha. Além de especialista na caça a ratos e camundongos, o felino era esperto e bom de lábia.

— Vou provar que você ficou com a melhor parte da herança — ele garantiu. — Basta me arrumar uma sacola e um par de botas.

Mesmo sem acreditar muito, o rapaz acabou lhe fazendo a vontade.

Sem pressa, o gato calçou as botas nas patas traseiras, ficou em pé todo solene, pôs cenouras na sacola e, com ela às costas, dirigiu-se à floresta.

Sob a sombra da árvore mais frondosa, ele se esticou no chão, fingindo-se de morto. Frescas e bonitas como estavam, as cenouras logo atraíram um coelho, que entrou na sacola e, claro, foi aprisionado pelo Gato de Botas.

Perto dali ficava o palácio do rei, para onde o felino rumou na maior tranquilidade. Ao chegar ao portão, anunciou que trazia um presente para ele em nome do marquês de Carabás — um nome que inventou na hora.

Intrigado, pois não conhecia nenhum marquês de Carabás, o rei aceitou recebê-lo.

— Meu senhor pretende se mudar para este reino e em breve virá lhe fazer uma visita — prometeu o Gato de Botas.

— Diga ao marquês que ele será bem-vindo — disse o rei.

* * *

Uma semana mais tarde, o Gato de Botas ficou de tocaia numa plantação de trigo. Assim que dois faisões pousaram ao seu alcance, foram colocados dentro da sacola.

Assobiando, o felino tomou o caminho do palácio do rei. Diante do portão, anunciou que trazia outro presente para ele em nome do marquês de Carabás.

Curioso, o rei quis recebê-lo.

— Meu senhor está prestes a se mudar para este reino e em breve virá lhe fazer uma visita — contou o Gato de Botas.

— Diga ao marquês que ele será muito bem-vindo — disse o rei.

* * *

Uma semana depois, o Gato de Botas foi pescar num rio próximo. Acabou fisgando três peixes enormes, que pôs dentro da sacola.

Cantarolando, ele chegou ao palácio do rei. No portão, anunciou que trazia um novo presente para ele em nome do marquês de Carabás.

Cada vez mais curioso, o rei novamente o recebeu.

— Meu senhor acabou de se mudar para este reino e em breve virá lhe fazer uma visita — avisou o felino.

— Diga ao marquês que ele será muito, mas muito bem-vindo — garantiu o rei. — Estamos ansiosos para conhecê-lo.

Sim, não era só o rei que desejava conhecer o misterioso marquês de Carabás. A história de um gato usando botas, em pé todo solene e sempre trazendo presentes, já circulava pela corte, inclusive atiçando o interesse da jovem princesa, a única mulher entre os filhos do rei.

— Como será esse tal marquês? — ela se perguntava.

* * *

Mais uma semana se passou antes que o Gato de Botas agisse outra vez. Ele aproveitou que o rei e a princesa saíram em um passeio de carruagem, tomou a dianteira com o filho caçula do moleiro e, após despi-lo, mandou que se escondesse atrás de uns arbustos.

— Agora você é o marquês de Carabás! — disse-lhe, com uma piscadela.

E foi se livrar das roupas do rapaz.

* * *

Quando a carruagem passou por eles, o Gato de Botas correu para alcançá-la, gritando:

— Socorro! Roubaram as roupas do marquês!

Ao reconhecer quem o visitara três vezes, o rei mandou o cocheiro parar a carruagem e providenciar ao menos um manto para cobrir o rapaz.

E foi vestido apenas com um manto que o suposto marquês de Carabás deixou os arbustos e foi fazer uma reverência ao rei.

— Meu senhor estava a caminho do palácio de Vossa Majestade para uma visita — contou o Gato de Botas. — Ele preparou os mais ricos presentes, mas foi tudo tomado pelos ladrões.

Tanto o rei quanto a princesa lamentaram a situação. Ela, aliás, gostou bastante do rapaz. Alto, esguio e bonito, ele tinha um sorriso simpático que a cativou.

— Por que não vamos todos para o palácio do marquês? — decidiu o rei.

* * *

Mordendo os lábios de nervosismo, o rapaz mal escondeu sua preocupação: e se a farsa fosse descoberta?

O Gato de Botas, no entanto, já tinha previsto tal desdobramento.

— O palácio do marquês fica ao sul daqui — deu a orientação ao cocheiro.

O problema é que, ao sul, ficavam as terras férteis de um feiticeiro maligno, temido até mesmo pelo rei.

— Não se preocupe, Vossa Majestade! — disse o gato. — Esse vilão já foi derrotado pelo corajoso marquês de Carabás!

Eu derrotei?!, pensou o rapaz, a custo controlando o pânico. *Seu inútil, o que você está aprontando?*

Mas o felino, despreocupado como de costume, nem lhe deu atenção, retomando a dianteira. Restou ao suposto marquês embarcar na carruagem e acompanhar o rei e a princesa no passeio.

* * *

Mais adiante, já nas terras do tal vilão, o Gato de Botas encontrou dois pastores que cuidavam de ovelhas numa planície.

— Estas terras agora pertencem ao marquês de Carabás, o grande herói que venceu o feiticeiro! — anunciou, animado.

Mais animados ainda ficaram os pastores com a notícia. Ninguém aguentava mais trabalhar para um proprietário tão maligno.

Festejavam a conquista quando a carruagem passou por eles. Curioso, o rei tratou de descobrir o motivo de tanta alegria.

— O marquês de Carabás venceu o feiticeiro e agora é o novo dono destas terras! — explicou um dos pastores.

O rapaz afundou no banco. Recebia olhares de admiração tanto do rei quanto da princesa.

Ai, Gato, o que você está aprontando?, o suposto marquês se afligia.

* * *

Na dianteira, o Gato de Botas deparou-se com dois camponeses que colhiam trigo numa plantação.

— Estas terras agora pertencem ao marquês de Carabás, o grande herói que venceu o feiticeiro! — anunciou, empolgado.

Mais empolgados ainda ficaram os camponeses com a notícia. Era mesmo horrível trabalhar para um proprietário tão malvado.

Comemoravam a notícia quando a carruagem passou por eles. Cada vez mais curioso, o rei quis descobrir o motivo de tanta felicidade.

— O marquês de Carabás venceu o feiticeiro e agora é o novo dono destas terras! — esclareceu um dos camponeses.

Novamente o rapaz afundou no banco. O rei tinha um sorriso satisfeito e a princesa suspirava, apaixonando-se pelo suposto marquês.

Gato, espero que você saiba o que está fazendo, torcia o rapaz em pensamento.

* * *

Àquela altura, o Gato de Botas estava no palácio do feiticeiro maligno, sem dúvida o local mais luxuoso de todo o reino. Era recebido pelo vilão em pessoa.

— Eu soube que você pode se transformar em qualquer animal — disse o gato. — É verdade?

— Sim, eu sou muito poderoso — orgulhou-se o feiticeiro.

— Tem certeza? É que uma transformação dessas parece tão impossível...

Para provar o seu talento, o vilão tornou-se um urso enorme e feroz.

— Virar um bicho tão grande parece muito fácil — desdenhou o Gato de Botas. — Quero ver é virar um bicho tão pequeno quanto um camundongo!

Embora dominasse um poder fenomenal, o feiticeiro não tinha nenhuma esperteza.

— Virar um bicho tão pequeno é mais fácil ainda! — quis se exibir.

Na mesma hora, ele se transformou em um camundongo.

E num segundo foi devorado pelo Gato de Botas.

* * *

Ao chegarem ao palácio, o rei e a princesa confirmaram o quanto o marquês de Carabás era amado por sua gente. Incentivados pelo Gato de Botas, criados, guardas e quem mais estava por perto foram recepcionar o rapaz.

— Viva o grande herói que venceu o feiticeiro! — repetiam as palavras sopradas pelo felino. — Viva o corajoso marquês de Carabás!

E assim que o filho caçula de um moleiro, tão pobre que só tinha um felino como herança, acabou se tornando um nobre rico, dono de terras férteis e de um palácio luxuoso, marido da princesa, que virou marquesa, e o primeiro caso de sucesso do Gato de Botas.

Esse, para falar a verdade, prosseguiu com suas peripécias em outros reinos. Ganhou popularidade, uma legião de fãs e muito dinheiro ao vender os direitos de suas aventuras aos contadores de histórias.

Enfim aposentado, ele quis distância das reviravoltas da vida. Isso até o dia em que um certo colar foi roubado.

A RECONSTITUIÇÃO

No dia combinado, Branca de Neve reuniu na cena do crime os sete suspeitos, vigiados por alguns guardas, o casal Carabás e o adestrador de cães da Força Policial do reino, fluente no idioma cachorrês. Como a grande estrela de sempre, o Gato de Botas foi o último a aparecer. Estava atrasado.

Primeiro ele analisou de perto os suspeitos, depois cada detalhe do quarto da marquesa. Foi até a janela aberta, pôs a cabeça para fora. O aposento ficava no primeiro andar e tinha à direita outra janela, a do quarto do marquês. Abaixo, havia o jardim.

Sem pressa alguma, o Gato foi se sentar em um sofá espaçoso, colocado ali especialmente para o seu conforto.

— Quem, afinal, roubou o colar da marquesa? — perguntou aos suspeitos.

Ao mesmo tempo, os sete assumiram a autoria do crime.

— Fomos nós! — enfatizou o rei Cruel e a rainha Cruélia.

— Não, fomos nós! — gritaram as invejosas.

— Não mesmo! Fui eu! — o príncipe Urtiga quis se impor.

— Au au! — latiu o Homem-Cachorro.

— "Fui eu!" — traduziu o adestrador.

— *Nem vem!* — a Mãozinha escreveu numa folha. — *Eu que roubei o colar!*

— Na verdade, não foi nenhum de vocês — concluiu o Gato de Botas.

Uma revelação que surpreendeu a marquesa, mas não a experiente investigadora Branca de Neve.

— Prove que não fomos nós! — adiantou-se o rei Cruel.

— Sim, prove! — desafiou o príncipe Urtiga.

— Quero ver você conseguir — provocou uma das invejosas.

Admitir que não roubara o colar, para cada um dos suspeitos, seria o mesmo que admitir o fracasso de um plano. E isso jamais faria bem à fama de um vilão.

O felino sorriu, brincando com a ponta de seus bigodes.

— Nenhum de vocês contou como realmente aconteceu o roubo — disse.

— *E por acaso você sabe como aconteceu de verdade?* — escreveu a Mãozinha.

— Au au au au au! — rosnou o Homem-Cachorro.

— "Você não sabe de nada!" — traduziu o adestrador.

— Será mesmo que eu não sei? — disse o Gato de Botas. — Então vamos aos fatos!

Entre as pessoas presentes no quarto, só uma engoliu em seco. E, tentando disfarçar seu nervosismo, se pôs a morder os lábios.

— Na noite do baile — começou o Gato de Botas —, o primeiro suspeito a entrar aqui foi o príncipe Urtiga, disfarçado de criada. Ele ficou para trás quando a marquesa entrou no closet para se arrumar.

— Aí eu peguei a chave e abri o cofre! — gabou-se o Urtiga.

— E onde estava a chave?

— Dentro de um vaso!

— Mas não tem nenhum vaso neste quarto.

Pego na mentira, o Urtiga ficou sem palavras.

— Eu guardo a chave nesta caixinha de música — explicou a marquesa, indicando o objeto sobre uma cômoda. — E fui eu quem abriu o cofre antes de ser roubada.

O Gato de Botas continuou:

— Ou seja, o cofre não foi aberto a dentadas, como falou o Homem-Cachorro. Nem estava aberto, como afirmaram o Cruel e a Cruélia.

Frustrado, o Homem-Cachorro rangeu os dentes. Já o Cruel e a Cruélia trocaram olhares desanimados.

— Sem conseguir o colar, o príncipe Urtiga deixou o quarto, esquecendo-se de levar seu crachá falsificado — disse Branca de Neve.

— E quem entrou depois? — perguntou a marquesa.

— Foi a Mãozinha — disse o gato. — Ela veio pela janela, sem perceber deixou uma marca no vidro e também não abriu o cofre.

— Ela fugiu assim que o Homem-Cachorro chegou aqui — acrescentou a investigadora.

Sem vontade de escrever, a Mãozinha arreganhou os dedos, na defensiva.

— Acredito que ela seja a única, além do verdadeiro culpado, que fugiu pela janela — apostou o Gato de Botas.

Ninguém retrucou.

— O Homem-Cachorro também não abriu o cofre — ele prosseguiu. — E se escondeu no baú quando o Cruel e a Cruélia apareceram no quarto. A prova são as pulgas que a investigadora Branca de Neve recolheu desse esconderijo improvisado.

— AU AU AU AU!

— "eu não tenho pulgas!" — traduziu o adestrador.

Branca de Neve revirou os olhos, sem paciência para mentiras, principalmente as descaradas.

— Nem o Cruel nem a Cruélia conseguiram abrir o cofre — disse o Gato. — E ela ainda perdeu aqui um lenço bordado.

— Foi presente do meu benzinho — Cruélia recordou, cheia de ternura.

— Um presente singelo para marcar os nossos primeiros cem dias de casamento. Lembra, meu docinho? — derreteu-se o Cruel.

— Como eu poderia esquecer, benzinho?

— Jamais esqueceremos, meu docinh...

— Como eu estava falando — interrompeu o felino —, esses dois não pegaram o colar. Fugiram pela porta e foram vistos por testemunhas. Por último, as invejosas entraram aqui, também não conseguiram abrir o cofre e tiveram que se esconder atrás da cortina, onde esqueceram uma peruca, no instante em que a marquesa saiu do closet com as criadas.

— Marquesa, por favor, conte para todos o que houve a seguir — pediu Branca de Neve.

Com o apoio do marido ao seu lado, ela relembrou a experiência que tanto a assustara:

— Como eu não queria que as criadas soubessem onde guardo a chave do cofre, mandei que saíssem. A seguir, abri o cofre, peguei o estojo... Lembro que uma voz abafada, atrás de mim, exigiu o colar...

— A Mãozinha só pode escrever e o Homem-Cachorro só late, o que desde o início eliminou os dois como suspeitos — disse a investigadora. — Por favor, marquesa, continue.

— Entreguei o estojo ao ladrão, que fugiu pela janela...

— A voz pertencia a um homem ou a uma mulher? — perguntou o Gato de Botas.

— Não sei dizer...

— Durante esse tempo todo, o Homem-Cachorro estava no baú e as invejosas se ocultavam atrás da cortina, portanto...

— Eles viram quem roubou o colar? — o marquês antecipou a questão.

— Au au au au au au.

— "Não dava para ver de dentro do baú" — traduziu o adestrador.

— E quanto a vocês, meninas? — o gato perguntou às invejosas.

— O tecido da cortina era muito grosso — admitiu a irmã mais velha.

— Não deu para enxergar quem era o ladrão — lamentou a irmã do meio.

— Isso nos leva de volta à pergunta: quem, afinal, roubou o colar da marquesa? — disse Branca de Neve.

Todos se voltaram para o Gato de Botas. Com exceção do verdadeiro culpado, ele era o único que tinha a resposta.

— Marquesa — disse ele —, você não notou algo estranho ao tirar o estojo do cofre?

— Não sei...

— Um colar de ouro, rubis e diamantes deve ser pesado.

— Um pouco... Espere! Havia algo estranho, sim.

— O quê?

— O estojo estava mais leve...

— Como se estivesse vazio?

— Sim!

— O colar não estava no estojo? — espantou-se a investigadora.

— E onde ele estava? — perguntou o Cruel, dizendo em voz alta a dúvida dos demais suspeitos.

— Eu diria até que, na noite do baile, o colar sequer estava no palácio — revelou o gato.

E fez silêncio por quase um minuto para apreciar o burburinho que provocara.

— Após fugir pela janela, o ladrão livrou-se do estojo, lançando-o no jardim — retomou. — E ele só o jogou fora porque sabia que estava vazio.

— Mas como ele sabia disso? — perguntou a marquesa.

— Quando foi a última vez que você usou o colar?

— Dois dias antes do baile, em um jantar no palácio da Pequena Sereia.

— E, quando voltou para casa, foi você mesma quem guardou o colar no cofre?

— Não tenho certeza...

Num estalo, a marquesa recordou-se:

— Eu estava tão cansada que pedi ao meu marido que guardasse para mim e fui ao closet me arrumar para dormir.

— Juro que guardei o colar no lugar certo! — o marquês apressou-se em se defender. — Coloquei no estojo, fechei o cofre, escondi a chave na caixa de música... E, depois, por que eu roubaria o colar da minha própria esposa?

Os sete suspeitos concordaram. Não havia motivo para desconfiar de um homem tão honesto.

— Eu sei onde o colar estava esse tempo todo — anunciou o Gato de Botas, sinalizando para que os guardas permitissem a entrada de um convidado. — Vejam quem eu encontrei na minha procura pela joia...

Pálido, o marquês voltava a morder os lábios. Como todos ali, sabia quem era o recém-chegado, o ourives mais conceituado de todo o reino.

Numa bandeja, ele trazia uma preciosidade.

— É o meu colar! — reconheceu a marquesa. — Como foi parar com você?

— Há mais de uma semana, a joia foi deixada na minha oficina para conserto — ele respondeu. — O fecho estava quebrado, mas eu estava atolado de trabalho e só consegui consertar hoje.

— Quebrado?! Mas como isso aconteceu?

— Não seria melhor fazer essa pergunta a quem o quebrou? — interveio o Gato de Botas.

Mais uma vez o marquês engoliu em seco.

— Não tenho nada a ver com isso! — tentou se livrar da responsabilidade.

— Foi o marquês de Carabás quem deixou o colar na minha oficina para conserto — confirmou o ourives.

Não havia mais como sustentar aquela farsa. Para escapar da pobreza, o filho caçula do moleiro aprendera a ser malandro, mas jamais seria páreo para quem lhe ensinara a malandragem.

— Acredito que, quando o marquês foi guardar o colar, a joia caiu de suas mãos e o fecho acabou quebrando — disse o gato. — Para não levar bronca da esposa, ele guardou no cofre o estojo vazio e, em segredo, levou o colar ao ourives. O problema surgiu dois dias depois, no baile, pois o conserto não foi realizado a tempo. E o marquês não pôde devolver o colar ao estojo antes que a marquesa descobrisse o seu sumiço.

— Por isso ele armou essa farsa, fingindo roubar a própria esposa — deduziu Branca de Neve que, como os demais, estava pasma com a reviravolta. — Para esconder o próprio erro.

— No momento em que a marquesa abria o cofre, o marquês saiu pela janela do quarto dele e entrou aqui, aproveitando que essa janela estava aberta. Ele usou uma voz abafada para soar irreconhecível, realizou o suposto roubo e escapou fazendo o caminho inverso até o seu quarto, sem se esquecer de jogar o estojo vazio no jardim.

— Ontem o marquês me procurou e pediu para destruir o colar — disse o ourives. — Mas não tive coragem de destruir uma joia tão perfeita.

— Esse covarde queria se livrar da prova do crime — resmungou Branca de Neve. E, indignada, dirigiu-se ao marquês. — Tem ideia do trabalho que esse roubo de mentira rendeu à Força Policial do reino?

— Será que foi tão ruim assim? — ele questionou, dando de ombros. — Se não fosse por mim, você não teria capturado tantos vilões!

E apontou para os suspeitos, que o fitavam com raiva. Mas não com tanta raiva quanto a marquesa sentia naquele momento.

— Você me paga! — ela vociferou, possessa, fora de si, voando para trucidá-lo.

A partir daí, a tão organizada reconstituição do crime virou uma bagunça só. A irmã invejosa do meio tentou paquerar o Cruel, a ciumenta Cruélia quis tirar satisfações com ela, o marquês escondeu-se atrás do Homem-Cachorro, o príncipe Urtiga pisou sem querer na Mãozinha, o adestrador mal impedia a marquesa de avançar contra o marido, a outra invejosa foi furtar os vestidos de grife guardados no closet, os guardas não conseguiam ajudar Branca de Neve a pôr tudo em ordem e o Gato de Botas... Bom, esparramado no sofá, ele pediu que uma criada lhe servisse uma xícara de chá com leite.

Prometia a si mesmo que mais nenhum mistério iria tirá-lo da tranquilidade de sua aposentadoria.

SOBRE OS ANTECEDENTES

Os contos de fadas deste livro foram adaptados a partir das seguintes versões:

Primeira pasta — "Maria de Oliveira", de Luís da Câmara Cascudo, em *Contos tradicionais do Brasil*. São Paulo: Global, 2004.

Segunda pasta — "O sapatinho de cetim", de Teófilo Braga, em *Contos tradicionais do povo português*. Lisboa: Publicações Dom Quixote, 1999.

Terceira pasta — "A mão do finado", de Teófilo Braga, em *Contos tradicionais do povo português*. Lisboa: Publicações Dom Quixote, 1999.

Quarta pasta — "As túnicas de urtiga", de Theobaldo Miranda Santos, em *Contos maravilhosos*. São Paulo: Companhia Editora Nacional, 1966.

Quinta pasta — "Os três coroados", de Sílvio Romero, em *Contos populares do Brasil*. São Paulo: Martins Fontes, 2007; e "O Castelo das Pedras Negras", em *O conto tradicional português no séc. XXI: versões recolhidas por estudantes da Universidade do Algarve*. Lisboa: IELT, 2019 (Coleção Editar a Memória).

O passado — "O Gato Mestre", de Charles Perrault, em *Contos da Mamãe Gansa*. São Paulo: Cosac Naify, 2015.

Sobre a autora

Helena Gomes nasceu em setembro de 1966 na cidade litorânea de Santos, no estado de São Paulo. É jornalista graduada pela Universidade Católica de Santos, professora universitária com especialização em educação pela Unimonte, revisora de textos e autora de mais de cinquenta livros, com obras adotadas por colégios e selecionadas por programas como o Programa Nacional do Livro e do Material Didático (PNLD) e o Biblioteca Itaú Criança. Já ganhou prêmio da Fundação Nacional do Livro Infantil e Juvenil (FNLIJ) e foi quatro vezes finalista do prêmio Jabuti, o principal prêmio de literatura do Brasil. Teve livros selecionados para o Clube de Leitura dos Objetivos de Desenvolvimento Sustentável da Organização das Nações Unidas (ONU), para o catálogo da Feira do livro Infantil de Bolonha (Itália) e na Machado de Assis Magazine para o Salão do Livro de Paris. Participou ainda de várias coletâneas como *Geração subzero* (Record, 2012), *O livro negro dos vampiros* (Andross, 2007) e *Medieval* (Draco, 2016), entre outras.

A ficção de Helena Gomes tem inspiração no mundo ao seu redor, nas notícias e em personagens reais e fictícios. O universo dos contos de fada, como aconteceu em *Quem, afinal, roubou o colar da marquesa de Carabás?*, é tema constante de suas produções literárias. A autora é aficionada por contos de fadas clássicos, mas tem especial predileção pelos menos conhecidos, por isso gosta muito de pesquisar as várias versões de cada um deles, já que a origem na tradição oral acaba por produzir diferentes e interessantes maneiras de contar uma mesma história. Aliás, a pesquisa minuciosa das referências que usa em suas obras é reflexo direto de sua formação em jornalismo, ofício que exige muita pesquisa e confirmação da veracidade das informações para que as histórias reais sejam contadas com propriedade.

Desde muito pequena, Helena gostava de inventar histórias, criava finais diferentes para filmes e séries a que assistia, já fazia fanfic antes mesmo de inventarem esse nome. Leitora voraz desde sempre, adorava histórias de aventuras com reviravoltas. Na adolescência teve como autor preferido Alexandre Dumas e suas obras clássicas, como *Os três mosqueteiros* e *A tulipa negra*. A série Vaga-Lume (Ática) também influenciou bastante a formação da escritora. Gostava de assistir às novelas das 18 horas transmitidas pela TV Globo que tinham como base livros clássicos, como *Senhora*, de José de Alencar. Assistia à TV e corria a ler os livros que deram origem à versão televisiva.

Já adulta e mãe de dois filhos, conheceu a série de Harry Potter, de J. K. Rowling, e se encantou. Pesquisando a história de vida da autora, verificou que o início de sua carreira foi bastante difícil, pois teve que superar inúmeras dificuldades, inclusive a recusa de doze editoras para a publicação da saga Harry Potter, que viria se tornar mais tarde best-seller mundial. De uma das editoras que recusaram os originais, Rowling tinha ouvido que deveria desistir de escrever, pois nunca seria publicada. Esse exemplo de superação foi o estopim para Helena Gomes começar a escrever com foco e acreditar que também poderia vencer as dificuldades apresentadas no difícil percurso que um escritor enfrenta para ser editado. Mas não foram apenas os livros que influenciaram a escrita da autora: o universo nerd com seus filmes, seriados, animes, HQs, trouxe o precioso aprendizado sobre ritmos narrativos e roteiros, que aplica sistematicamente em sua obra, cujos textos envolvem muita aventura, magia e mistério. A literatura fantástica e as tramas policiais permeiam constantemente a obra de Helena, e por vezes vêm juntas na mesma história, estilo que agrada especialmente o público adolescente e jovem.

Sobre a ilustradora

Alexa Castelblanco nasceu em abril de 1964 na cidade de Viña del Mar, no Chile, é ilustradora e jornalista. Adotou São Paulo como sua cidade desde que cursou jornalismo na Pontifícia Universidade Católica. Iniciou a vida profissional em uma agência de propaganda, e em 2001 foi trabalhar no jornal *Folha da Manhã*. Posteriormente, colaborou em diferentes revistas da Editora Abril, trabalhando como designer gráfica e ilustradora. Criou sua linguagem artística autoral utilizando técnicas que mesclam o digital e o analógico, partindo das cores — ou da ausência delas —, para construir cenários para seu mundo particular. Para criar suas obras tem especial predileção por refletir sobre situações cotidianas com as quais as pessoas possam se identificar, criando personagens com um certo humor ácido. *O Gato na sopa* (Melhoramentos, 2013) e *Cachorro de pano* (Melhoramentos, 2019), ambos do autor Tiago de Melo Andrade, são publicações que Alexa ilustrou para o público infantil. Ela também participou da mostra coletiva "Lampioa" (Galeria Olido, São Paulo, 2015).

Para *Quem, afinal, roubou o colar da marquesa de Carabás?*, Alexa utilizou o vermelho, o preto e variações de cinza. Os personagens são retratados em cenários e com vestimentas que remetem imediatamente à Idade Média, porém um olhar mais demorado para as imagens presenteia o leitor com objetos atuais como um fone de ouvido, um tripé de ring light ou uma cadeira gamer. O resultado é um conjunto de ilustrações com tonalidades de duas cores, com muito humor e jovialidade. As imagens estão em perfeita harmonia com o texto e com o projeto gráfico proposto, que introduz vários dos elementos gráficos relacionados a uma investigação policial, como pastas de processos, fichamentos, interrogatórios e provas.

1ª reimpressão

impressão e acabamento: Plena Print
papel da capa: Cartão 250 g/m²
papel do miolo: Couché 115 g/m²
tipologia: Goudy
janeiro de 2025

A marca FSC® é a garantia de que a madeira utilizada na fabricação do papel deste livro provém de florestas que foram gerenciadas de maneira ambientalmente correta, socialmente justa e economicamente viável, além de outras fontes de origem controlada.